慢得刚刚好的生活与阅读

睡 在
时光里

欧洲城堡酒店笔记

殷悦 著

化学工业出版社
·北京·

图书在版编目（CIP）数据

睡在时光里：欧洲城堡酒店笔记/殷悦著.—北京：化学工业出版社，2020.4
ISBN 978-7-122-35949-0

Ⅰ.①睡… Ⅱ.①殷… Ⅲ.①散文集-中国-当代 Ⅳ.①I267

中国版本图书馆CIP数据核字（2020）第035094号

责任编辑：张　曼　龚风光　　　　装帧设计：北京东至亿美艺术设计有限责任公司
责任校对：张雨彤

出版发行：化学工业出版社（北京市东城区青年湖南街13号　邮政编码 100011）
印　　装：北京瑞禾彩色印刷有限公司
710mm×1000mm　1/16　印张17　字数300千字　2020年7月北京第1版第1次印刷

购书咨询：010-64518888　　　　售后服务：010-64518899
网　　址：http://www.cip.com.cn
凡购买本书，如有缺损质量问题，本社销售中心负责调换。

定　价：68.00元　　　　　　　　　　　　　　　　　　　版权所有　违者必究

· 自 序 ·

"The past is a foreign country: they do things differently there.（往事犹若异乡：他们在那里做的事情都不一样。）"

这是英国小说《幽情密使》（*The Go-Between*）的开篇一句话。一位老人坐在火车上，驶向他曾经住过的那座城堡，回忆着当年在那里的故事。他望向窗外，英国少有的阳光洒在脸上，低垂着眼帘，抚摸着那本日记，轻轻叹口气说出了这句话："过去是一个古老的国度，纷纷扰扰，太多故事，与现在，太多不同。"

这可能就是我写这本书的一种灵感，从穿梭在中国各类奢华酒店的旅行记者，到现在旅居英国探索欧洲城堡酒店，我欣赏中国的高端和现代，也钦佩欧洲对古堡的改造和尊重。现在写出这本城堡酒店笔记，是对自己这些年的一些感悟，简简单单的记录。

为什么是城堡酒店而不是博物馆或旅游区？来来往往，太多故事。城堡酒店有关建筑，它可能是哥特风格、乔治时期建筑、维多利亚风格、都铎时期建筑，或者是意大利文艺复兴风格等；城堡酒店有关艺术，它墙上的画作可能是国王居住时的肖像，它的花园可能是由最传奇的园艺师设计的；城堡酒店有关传承，它可能还居住着伯爵、公爵；城堡酒店有关故事，它不是一个展览的平面，它有太多立体的故事和时刻——新人在这里结婚，家庭在这里休闲，特工也曾经在这里工作……

我写风土人情，也描述有趣的人，这些和我讲述的城堡庄园酒店有着千丝万缕的联系：他们或许是城堡的主人，或许是做过海盗的酒店画家，或许是奇装异服的酒店室内设计师，或许是在城堡结婚的员工，或许是在酒店做前台的小哥，或许是收集世界蜂蜜的小岛人……当然，还有我自己。我曾庆幸，在来英国留学和工作之前，在国内做了记者，主要采访酒店行业里的人。酒店每天都有不同的人、不同的故事，这段经历，让我无论何时何地，都会对人、对空间时间里的故事产生浓厚的好奇。来到英国，游历欧洲，这东西方的差异更让我加深体会接触到的各类人和经历的各种事。

有人这样评价酒店的房间："The room comes to life only when it is entered.（这房间进入其中才会感到有了生气。）"这或许只适用于现代的酒店，那些由古堡、庄园改建的酒店，在成为酒店之前，就已经有了很多故事，出入这里的人，只是在帮着这些古典而又传奇的建筑续写它们的历史而已。旅客在这种意义下显得来去匆匆又渺小，而我，试图在这短促的时间里，慢下来，慢下来，试图在它们的历史中，留下一些故事和细节。

你知道吗？完成这本书稿的时候，我忽然看到自己放在桌子上的几束干花，这也很像我完成的这本纸上的念想：我希望，你知道，我笔下的这些城堡、庄园和古屋，在成为酒店之前，都有过鲜活的故事，像鲜花一样。在它们被改造成酒店之后，我把它们的历史和自己的感受写下来，如同制作了一束干花一样。希望你能从中留恋它们美丽的模样，过去的和现在的。

睡/在/时/光/里
欧洲城堡酒店笔记

目 录

第 ❶ 章 海边湖畔——栖居不怯流年

· 第一节 · **橄榄树下的海湾边，睡着小飞龙**
Martinis Marchi Heritage Hotel 003

那海，那石，那条小飞龙 006
古堡前，也曾刀光剑影 008
种满橄榄树的岛上，藏着一个军事基地 011
城堡酒店的画家：渔民·海盗·司机 014
养蜂人：我不愿意破坏孩子的想象 018

· 第二节 · **湖畔诗人和乡间童话**
Gilpin Hotel & Lake House 023

彼得兔和乡下鼠的房间 024
丛林湖畔·浴缸夕阳 031

- 第三节 ·　惠特比的德古拉
　　　　　　Bagdale Hall Hotel　　　　　　　　　　039

　　　　　　睡吧，伴着莎翁的梦　　　　　　　　　040
　　　　　　《德古拉》的城堡·哥特风的万圣节　　047

第 ❷ 章　林间花开——远离尘嚣

- 第一节 ·　深秋醉，约克郡的水彩庄园
　　　　　　Swinton Park Hotel　　　　　　　　　059

　　　　　　喝酒，赶羊，顺便去看慈善盛会　　　　061
　　　　　　射击，骑马和钓鱼　　　　　　　　　　063
　　　　　　油画里的姑娘们　　　　　　　　　　　067

- 第二节 ·　花开万年，派对可曾阑珊
　　　　　　Hanbury Manor Hotel　　　　　　　　073

　　　　　　偶遇狄更斯的花园派对　　　　　　　　075
　　　　　　野花的故事：吸引蜜蜂和鸟儿的高尔夫球场　078

- 第三节 ·　挪威之木　　　　　　　　　　　　　085

- 第四节 ·　黑山的香味
　　　　　　Palazzo Drusko Deluxe Rooms　　　　091

第 3 章　老石古墙——千年光阴不可轻

- **第一节**　**英国长城下，老石墙与玻璃屋**
  Langley Castle　　　　　　　　　　　　101

  《权力的游戏》中的北境长城，就在这里　　102
  玻璃屋里的分子料理　　　　　　　　　　　104
  意外的伴郎，以及一个醉汉　　　　　　　　107

- **第二节**　**印象派的波希米亚**
  Chateau Le Cagnard　　　　　　　　　　111

  普罗旺斯的蒙马特高地　　　　　　　　　　113
  琥珀色的家宅·城堡的卫兵　　　　　　　　116

- **第三节**　**寻来古迹处，风景旧曾谙**
  Astley Castle　　　　　　　　　　　　　123

  古城堡酒店的禅寂之美　　　　　　　　　　125
  拈花之间，白皇后的千年城堡　　　　　　　129

- **第四节**　**如果，给你一座九百年的城堡**
  Broughton Hall　　　　　　　　　　　　137

  成长在庄园，并非你想的那样惬意　　　　　139
  此城堡：只整租，不零售　　　　　　　　　142

第 4 章　市井烟花——一枕眠

- **第一节** · 一眨眼，遇见他
  40 Winks　　　　　　　　　　　　　　　155

  一枕黄粱的卡特先生　　　　　　　　　156
  梦想？不要问，问了会烫嘴　　　　　　160

- **第二节** · 伦敦眼的烟花后，其实藏着家酒店
  Marriott County Hall　　　　　　　　　165

- **第三节** · "维多利亚之石"
  St. Pancras Renaissance London Hotel　171

- **第四节** · 城市歌唱：披头士乐队酒店
  A Hard Day's Night Hotel　　　　　　　181

  利物浦·"一夜狂欢"　　　　　　　　　183
  改造·烈酒浸透梅子的颜色　　　　　　187

- **第五节** · 红盾白城：罗斯柴尔德酒店
  The Rothschild Hotel 96　　　　　　　　191

  红盾家族和白色之城　　　　　　　　　193
  耶路撒冷的石头·《圣经》里的葡萄酒　198

第 5 章　美味情缘——难辜负

- **第一节** · 法国米其林主厨和英伦庄园梦
  Belmond Le Manoir aux Quatre Saisons　205
  - 勋爵夫人：卖掉庄园，只为美味　206
  - 盛放的不止日本花园，还有法式菜园　211

- **第二节** · 缘定间谍城堡酒店
  Danesfield House Hotel　217
  - 睡一晚，第二次世界大战图片分析军情总处　218
  - 白色城堡，紫罗兰的婚礼　222

- **第三节** · 悬崖上的爱情
  Golden Sunset Villas　231
  - 悬崖·爱琴海·夕阳　232
  - 火山和悬崖上的纯净爱情　237

- **第四节** · 西班牙皇室婚礼宴会
  Hotel Ritz, Madrid　245

后记：室内旅行者　254

第 ❶ 章

海边湖畔
——栖居不怯流年

· 第一节 ·

橄榄树下的海湾边，睡着小飞龙
Martinis Marchi Heritage Hotel

"What makes the desert beautiful,' said the little prince, 'is that somewhere it hides a well…"

"沙漠为什么美好呢？"小王子说，"因为在那里，某个角落，藏着井水呀……"

——《小王子》

- 古老酒店类型：城堡酒店
- 时光：三百多年
- 地点：绍尔塔岛，克罗地亚
- 到达：可以从克罗地亚的斯普利特坐船到达，也可以预订酒店的私人快艇接送

克罗地亚斯普利特/戴克里先宫（Split/Diocletian's Palace）的出口处，有很多红珊瑚摆在像酒窖一样的走廊里。低沉的亮光配上这些朱红色，旁边的人群熙熙攘攘，我想到了海洋里的珊瑚和鱼。

古堡有时候很像一辆夜晚的巴士或者是邮轮，一进去，就是另外一个世界。你很想安静地坐下来，看着窗外的人来人往，灯红酒绿，或者是那远处的海天一线。会猜那个不停看表的女孩在等谁，那对牵狗的夫妇如何相识，那些波光粼粼之下都有什么。有时候也会想想自己的那些糗事或者梦想，不自觉地笑出声来……

"很少有地方比在行进中的飞机、轮船和火车上更容易让人倾听到内心的声音。宏阔的思考常常需要有壮阔的景观，而新的观点也往往产生于陌生的所在。"《旅行的艺术》里的这句话，从某种程度上解释了上述感觉。我很赞同这个观点，但是也觉得，古堡虽然在空间上静止不动，但是它们在历史长河中起伏漂荡，它宏伟的建筑壮阔而斑驳，让人既感到陌生又充满好奇。

总之，我一进古堡，就爱走神。而忽然反应过来，下午还要去绍尔塔的古堡酒店，于是急忙忙地跑出来，相机还在三脚架上，就这么扛着，害怕错过从斯普利特去绍尔塔岛的船。这里的路线简单明了，一条开阔的海边大道，从戴克里先宫出来一直走就能到游客中心，我核对今天去小岛的时间，得到了肯定的答复后松了一口气。

游客中心的人反而悠闲地问我话，我当时还是那里唯一的问路人，他们好像很闲的样子，面朝大海的办公室，坐着两个长得不错的人，我就很乐意和他们聊天。

"为什么不去哈瓦尔?那里好玩的更多。"

"我晕船,只想去离这里更近的岛。"

其实晕船不假,但更重要的是,我就是想去人少的海岛。

我的房间有一个会客厅,非常复古却简单的风格

总统套房

那海，那石，那条小飞龙

小岛绍尔塔，比起不远处的度假和派对天堂哈瓦尔岛，简直就是默默无闻的，却又像世外桃源，岛上的人以种植橄榄树和捕鱼为生。

我见过一家人在附近的民居中租下一栋带花园的房子，很美很幽静，这些民居在度假旺季也确实是不错又经济的选择。但是，马蒂尼斯马尔基城堡酒店（Martinis Marchi Heritage Hotel），是小岛上唯一的酒店。它建造于三百多年前，1703年，马尔基（Marchi）三兄弟从威尼斯帝国当局获得批准，建造了这个带防卫塔的城堡，防止小岛居民被海盗袭击和骚扰。当时的青壮年男人几乎全部入伍参与战争，这个城堡由老人、妇女和儿童建成。十九世纪之后，它的军事和防御功能减弱，1960年被整修过一次，只可惜这次整修没有很用心，做了一些比较没有审美的事情，比如在旧石头上刷水泥，移除一些形状不规则的老石头等。2001年，它被现在的城堡主人买下，并进行了最新的一次整修，历时四年，修旧如旧，去掉了二十世纪六十年代加上的石膏和水泥，使其还原到十九世纪的模样。尤其惬意的是，城堡中心的地方加上了一个游泳池，夜晚当一切都安静下来的时候，城堡外围被海水环绕，内部又被泳池的蓝色点亮盈盈蓝泽……

现在城堡酒店的主人和总经理都是德国人，它们用城堡的一块古石头上的小龙作为酒店的标志，它是一只吐着舌头、握着剑的小飞龙，非常鲜明，既可爱，又霸气。可是他们为马蒂尼斯马尔基城堡酒店申请游艇码头许可证却用了很长时间，城堡酒店离海湾只有一步之遥，客人可以乘坐快艇直接从克罗地亚的著名海滨城市斯普利特到达海湾，并且入住酒店，这是城堡酒店

城堡酒店外的游艇码头

的一个非常明显的优势和特点，也是必需。没有港湾许可证，很难将优势显示出来，这样一等，就是十年。

我去的时候，酒店发展得日渐成熟，室内设计呈现出明显的混搭风格，既有简单的木质屋梁和古老的裸石墙壁具有历史感的痕迹，也有铁艺雕花蜿蜒在楼梯上显示出现代感的设计。取代地中海蓝白风格的是复古灰的自然石色和铁艺的黑色，色彩鲜艳的画作挂在酒店的各个角落，起到锦上添花的作用。最豪华的是由之前的防卫塔楼改建的豪华套房，上下三层，童话又梦幻，让我想起来《格林童话》里被困塔楼的莴苣公主和她秀丽金色的长发。当然，在这里，没有被困的公主，只有享受生活的贵族般奢华的旅客。感受过很多贵族庄园城堡改造成的奢华酒店，最奢侈的是什么？就是慢下来的实力和心情，有闲，才会不紧不慢、慢慢悠悠地过自己的时光，才会坚持爱好（比如他们在特定年代选择骑马射箭或训练鹰），才会花大量时间去练习提高审美的能力（比如习画和练琴）。而这个岛上，太多有闲的人了，他们做的事情，现在回想起来，像是偶遇了一个世外桃源。

老房子前看报纸的人

古堡前，也曾刀光剑影

九月，就像在仲夏的梦里，也不急着被叫醒，眼前一片蓝。

从马蒂尼斯马尔基城堡酒店走出来，就是一片海。准确地说，海与城堡酒店之间，只有一步的距离，好像是专门留出那么一点儿时间，把墨镜戴上。

我转了一个弯，避过海洋，沿着另一侧的小山路走去。在从渡轮的港湾到城堡的路上，很多古老的石头房子从车窗前慢慢掠过，公交车晃悠在斑驳的石路上，我想起了一句话："幸有舟楫迟，得尽所历妙。"太喜欢这些有

他在看克罗地亚斯普利特城堡的报道

坚硬表面的石路,倔强地陪在海洋的一畔。说它们老,它们真的老到了斑驳;说它们潮,鲜花盛放在石缝间。

一条小路上,光线照亮了一面墙的顶部,另一面墙,就全在九月的阴凉中。我只能看到一个剪影,在一个老房子前读着报纸。路好窄,我还没准备好以什么表情向当地的陌生人打招呼,就看到了一只小狗,欢快地从角落里钻了出来,提醒它的主人发现了我,他挥了一下手,跟我打招呼。我走近了跟他笑了笑,原来是一位四十岁上下的男士,在读着有关克罗地亚古建筑的报道。

"你从那个城堡出来?"他指了指我来的方向。

"你怎么知道?"

"这儿就这么一家酒店,很好,游客不多,不像哈瓦尔岛,我倒是希望没有太多人知道这里。你要是仔细观察,会看到马蒂尼斯马尔基城堡外围的窗户都特别小,它在以前是有防御功能的,可以把枪放在窗口,很隐蔽。但是现在,你们可以透过那个小窗对着外边的人微笑,可以看到有人慢悠悠地路过。"

又和他聊了一会儿,才知道原来他参加过战争,所以会关注很多这类建筑结构,按照他的年龄推测,应该就是二十世纪九十年代的那场波黑战争了。

对啊,以前,士兵们开着军舰,瞄准它,剑拔弩张;现在,人们乘着帆船迎风而来,望着它,神清气爽。

"你们中国人聪明,不会在这里买房子,也不知道这里会不会一直这样安静下去。我的隔壁住着一家英国人,他们每年来这里住几个月,克罗地亚语已经说得不错了。"恰好,这时有一位女士出来晒衣服,他指了指说,就是她家。

我走上前去,和她寒暄了几句,讲了讲我在伦敦的生活,她很温暖地笑着,简单和我们聊了几句,就回去了。家里传来小孩子们热闹的声音,我扭头看看,那些蓝蓝白白的衣服,飘在海边的微风里,看着特别舒服。

后来,我离开城堡之后回想了一下,这里的人,要么是海盗和士兵那般经历过炮火和生死,要么就是像这位女士一般,温暖悠闲得像是几米漫画里的人。

种满橄榄树的岛上，藏着一个军事基地

马蒂尼斯马尔基城堡酒店总经理罗杰开着一辆敞篷军用车，土黄色，一看就很适合山路观光，车后有酒店的标志——小飞龙。

橄榄树在小道的两边，有半米高的围墙，沿着山路一直蜿蜒下去。围墙里面，种着大片的橄榄树，橄榄树的树状很糙，偶尔会遇到一两丛粉紫色的花。无花果树，结满了无花果，有时还能遇到几只野禽。这些景象，和高低蜿蜒的石墙恰好搭配，很有荒原感，我忽然想起了2015年切尔西花展的获奖花园，设计者的灵感取自一个城堡的外围，有一种粗中有细、猛虎细嗅蔷薇的美。

小岛的山路两旁都是橄榄树

一路上，他很开心地讲着自己在成都的经历，他曾在那里开办过一家电动自行车厂，只可惜没有赶上好时机，那个时候电动自行车还不流行，公司撑了几年就关闭了。令他开心的是他在中国喝过的白酒、超高的度数和那些醉倒不省人事的朋友，当然，也少不了一些他并不知道是什么的食物。"盛情难却，他们给什么我吃什么。"他说。我很庆幸，他那晚只请我吃了鱼，还是一条很好吃的鱼。

开了一会儿，就到了海边，夕阳西下，照着海洋，有一条金红色的落日线，从海平线一直延伸到眼前。就在离海岸十步远处，有一个不起眼的荒废的圆坑，里面有一个入口。如果是我独自而来，我肯定会到处找人，让他陪我一起下去看看。黑不见底，充满诱惑，我想起《基督山伯爵》里，邓蒂斯越狱后，在一个小岛的山洞里找到的宝藏。

罗杰有一张自制的地形图，上面标出了很多数字和字母，代表着他改造和装饰的一些有趣的位置，他打着手电筒，沿着台阶而下，我先看到的是在波黑战争中留下的一些图片。之后是一些小房间，房间的墙壁上贴有

车上的小飞龙　　　　　　　　　　寻找小岛的教堂

图片，不同的国家和年代的领导人或者是代表人物，我只认出了玛莉莲·梦露、毛泽东、爱因斯坦，那里还有很多我根本没有听过的历史人物。我本以为历史学得还不错，在这里算是打脸了，只记得一些年代、一些事件，但那些曾经搅动风云的人物、那些面孔，却完全没有在我所谓的"知识范畴"里。

而现在，这些重要的面孔，却长久地存在于一个废旧的军事基地里。

罗杰把这里打造成了一个游戏场所，适合为在城堡酒店居住的客人们提供一日游的选择，可以开车欣赏沿途美景，并到这里探索、猜谜，猜出最多历史人物名字的组就算获胜。这里有一个屋子里放着仿造的大黑蜘蛛和人体骨骼，还有一条长两米左右的通道通向海洋。我站在那里，俯视海洋。罗杰告诉我，旁边有一些绝佳的潜水洞穴。

城堡酒店的画家：渔民·海盗·司机

我第一次见到画家布克特尼卡（V. Buktenica）的时候，他在修一艘船，一打眼看上去，那艘船浓烈的色彩几乎让人注意不到这个穿着黄色短袖和宽松短裤的人。罗杰说，布克特尼卡被岛民嘲笑了好几个月，就是因为大家觉得他修不好这艘船。而我则好奇地寻问这船的颜色，黑红黄三色，特别醒目，看上去好熟悉，不知在哪里见过。

"哈哈哈，你不觉得那就是德国国旗的颜色吗？刚开始修船的时候，他问我什么颜色好看，我恶作剧地把德国国旗的颜色给了他，他最开始没有反应过来，很认真地给船上色，直到有一次我把小国旗插在我的车上，开过去

画家布克特尼卡的德国国旗船

画家布克特尼卡

布克特尼卡的老屋子

找他出来吃饭，他才恍然大悟。"罗杰笑得连话都说得断断续续，我乐呵呵地回头看了看不远处的画家，他还在船周围转悠着整修。现在，这船即将再次下海，岛民也不再嘲笑。

布克特尼卡的叔叔欧根·布克特尼卡（Eugen Buktenica），是世界知名的画家，在日本人气很高。十年前，布克特尼卡决定继承叔叔的衣钵。没有任何绘画基础的他，只是耳濡目染，凭心而画。也正是因为这样，他的画，有一种稚童的天真，线条简洁，颜色富有童话感，加上不错的岛上景色，看起来特色鲜明，让人过目难忘。

下午时分，我们去他的工作室和他会合，围着绍尔塔小岛兜着圈，因为画家的英文不是很顺畅，我们有一搭没一搭地聊着天。恰好夕阳西下，整个盘山小路上只有我们一辆车，似乎夸父逐日一样，朝着夕阳沿着盘山路一路向上开去。我本来惦记着在日落时分回到城堡酒店，因为听说那里海岸的夕阳很美，可是一路上这么优哉游哉地开着，尽管错过了观看海上落日，却赶

海边的鸵鸟农场

上了山上的夕阳,而且我们盘山而上,旋转着看夕阳,画家尽兴而歌,我们拍腿叫好,大笑着庆贺阳光染遍了一圈圈的云朵。罗杰说:"果然,有美丽日落的地方,就有画家,天然的色彩能给人最大的启迪。"

这段时间,就好像漫画里描述的一样:我们拜访神秘的底洞、温暖的小屋,有着许多故事……我们穿过一朵又一朵的云,金光灿烂的夕阳,映红了我们的脸。

那天的最后一站,是山顶的鸵鸟农场,我见到那几只面朝大海的可爱生物,它们长长的脖子发呆似的望着天边的夕阳。我激动地一直在问,为什么会有鸵鸟?为什么住在这么高的山头?他们听着我的疑问,一个劲儿地傻笑,然后回复我:"岛上的人很疯狂哦,也不知道他们为什么养鸵鸟。你如果愿意留在这里和鸵鸟一起看日出,我们明早来接你。"

我坐到了山头的露天厨房里,正对着天边和山下的美景,坐下之前我仔细检查过，以免不小心坐到了烤乳猪的地方。只听罗杰很认真地对画家说了一句："他们现在不嘲笑你了吧？我觉得他们很尊重你了。"

　　回到马蒂尼斯马尔基城堡酒店，晚饭的时候，酒店的临海餐厅里已经聚满了人，大部分是家庭和朋友聚餐，说说笑笑，很热闹，和傍晚我们三人那般美好的寂寞相比，又是另一种回忆。厨师将鱼做好，在我们身边将已经做好的鱼一点点地剔骨挑刺，然后放到我们的盘中，非常新鲜！闲聊中才知道，画家布克特尼卡年轻的时候做过海盗，从良后还养过龙虾，一夜之间，虾网被人盗走，不得已在陆上继续生存。现在他的生活，其实也忙碌得有滋有味：他是岛上唯一的出租车司机。夏季的下午，他要把一些人送到派对，清晨六点再把他们接回家。其他时间，他修船、学习英语、唱歌、帮城堡办画廊。我觉得这位画家很接地气，他没有每天面朝大海、吟诗作画，那只是他晚上的消遣与乐趣。

　　现在局势稳定，国家也渐渐和平，他想修船，想继续他以前的生活，日出而作，日落而息，做一个渔民。

山顶的开放式厨房

夜幕下的餐厅，厨师在面前准备菜肴

养蜂人的点心　　　　　　　　　　　　　　　　　　　　　养蜂人的花

养蜂人：我不愿意破坏孩子的想象

马蒂尼斯马尔基城堡酒店之所以独特，是因为它在小岛上是一个特殊的存在，它既能吸引游客，又能把游客和当地岛民很自然地联系在一起。比如，酒店内供应的橄榄酒就产自绍尔塔岛上的橄榄庄园，而供应的蜂蜜也产自当地，就地取材不仅节省成本，还可以严格控制质量。而且，参观橄榄酿酒和养蜂人的庄园是一个极具观赏性的活动，为休闲娱乐提供了很好的选择。如果酒店的客人感兴趣，还可以和酒店前台预约到庄园参观酿酒、品酒，或者到养蜂人家里做客。客人临走的时候，还会得到一份独特的小礼物，一般是一小罐精致的蜂蜜或者是橄榄酒，可以作为很特别的手信。

我的出游时间有限，只能二选一，我和酒店的前台商量：交给缘分吧，养蜂人和酿酒人谁先回复，我就去哪里。于是第二天一早，我幸运地见到了养蜂人，沿着山路到了半山腰，看到了一个小木牌做的路标，上面画着一只可爱的蜜蜂。我早餐吃得很饱，但是到达他的农场时，看到他太太亲自做的蜂蜜饼和开胃的蜂蜜柠檬茶，我还是忍不住将饼全部吃完，还喝了一大杯蜂蜜柚子水。看到门前有记录游客家乡的大地图，就把一枚小旗插在了山东的地盘上，想了想，在广州也插上了我的旗。

绍尔塔岛上的人，住的都特别惬意，有的占了一整座望海的山头，有的离海只有一步之遥，有的拥有一整片绿色的园地，养蜂人的家属于后者。家里绿意盈盈，木桌上的绣球花随意而自然，一艘废弃的船摆在园中，周边围绕着几圈薰衣草。

养蜂人和他的博物馆

他有一张照片，是和祖父以及父亲的合影，一切的故事就从这家族的梦想开始。他曾经是一个工程师，工作了近十年之后，却想追随家族的兴趣——养蜂，于是他从斯普利特搬到了绍尔塔岛。在他的院子里，有一个小教室，三面有墙，一面直接通向院子，可以看到院中的橄榄树和薰衣草。小教室里摆着几张长椅，长椅上放着色彩明快的垫子，一面墙上挂着晒干的薰衣草，另一面墙很像书架，不承重，里面放着大大小小的蜂蜜罐，像是一个小小的博物馆，搜集了来自世界各地的蜂蜜，都是来过他农场的人给他寄的，他希望以此鼓励人们买当地养蜂人的蜂蜜。

他经常在这里为游客介绍他的蜜蜂、蜂蜜，还有蜜蜂和生态环境之间的关系。我之前对蜜蜂丝毫不感兴趣，还很害怕，因为小时候被它蜇过脖子，哭了好久。可是他的介绍却绘声绘色，用非常简单的语言告诉游客，世界上90%以上的植物都是依靠蜜蜂授粉的，给蜜蜂创造一个良好的环境也就是在创造良好的生态系统。他家里的人在接待游客的时候，总是穿着同一种设计的T恤，上面写着：give bees a chance.（给蜜蜂一个机会。）

临走的时候，我看到了小朋友送给他的画以及玩偶。其中一只玩偶是拿着蜜罐的熊。

"熊和蜜蜂是天敌，你知道吗？"他问。

"对啊，熊总会偷吃蜂蜜。"

"但是小孩子喜欢把熊和蜜蜂联想到一起，他们以为这两种动物是朋友。"

"那你会和他们讲这个事情吗？"

"不会，干吗要去打扰孩子们的世界？他们的想象，比事实更有趣。"他说。

养蜂人的小熊

养蜂人家里墙上的一角

· 第二节 ·

湖畔诗人和乡间童话
 Gilpin Hotel & Lake House

"每个人都适合居住在不同的地方，比如，我就喜欢住在乡下，我和提米·威利一样。"

——毕翠克丝·波特／"彼得兔"系列丛书作者

▧ 古老酒店类型：湖畔酒店

▧ 时光：近二百年

▧ 地点：英格兰湖区，英国

▧ 到达：从湖区火车站开车大约二十分钟

彼得兔和乡下鼠的房间

我们开着车,先到达了温德米尔小镇,湖面平静,几只鸟儿盘旋在上空。这样的地方,太容易区分游客和当地人了:小镇的人,一般都悠闲地坐在咖啡屋前,聊着天,或者牵着狗,慢悠悠地走过街角的古董店;游客们东张西望,左拍右拍,生怕错过了任何美景,恨不得兴奋地逛完每一家小店,哪怕是当地配钥匙和修鞋的地儿——没办法,谁让湖区这么美?住在这里的人,气定神闲,住在这里是一种恩赐,而娴静的性格和不紧不慢的生活,更是他们的特权;游客往往想一口吃个大胖子,美景太多,不愿错过。于是,就会有这样截然不同的两种神态。

穿过林荫小路,淋着小雨,到了吉尔平酒店。整体建筑更像是乡间别墅,比庄园的规模小一点儿。吉尔平酒店&湖边小屋(Gilpin Hotel & Lake House)是由坎利夫(Cunliffe)家族的两代人经营着,占地约0.5平方千米,大部分是树林和湖泊。早在1919年(也就是彼得兔的作者搬到湖区的

我的房间:毕翠克丝客房的一角

吉尔平湖边小屋的水疗馆，面朝湖畔

第四年），坎利夫家族的约瑟夫，厌倦了曼彻斯特喧哗的都市生活和工业氛围，尤其是为了疗养自己在第一次世界大战中落下的肺病，他到湖区，买下了这约0.5平方千米的园林，这主要包括了两栋建筑，相隔1.6千米。1988年，家族后代将这里开发成酒店，其中一栋是吉尔平酒店，一栋是吉尔平湖边小屋，前者注重美食和游玩，后者注重养生和幽静，我到达的是湖畔小屋。

这时候已经是正午过后了，迫不及待地想先看看自己的房间。我是最后一个抵达的客人，酒店还有两间房，我可以从中随便挑一间。特别幸运，像是不小心中了桃花运的穷秀才，欣赏着左手右手边两个"美人"，挑花了眼。其中一个大气一些，窗户正对着酒店的私人湖泊，像是一幅山水画嵌在了墙中；另外一间很别致，两扇最主要的窗户是倾斜的阁楼窗，雨水正好顺着斜窗流落，像是珠帘，恰巧还有树叶落了上去。我虽然已经把摄影课上学的东西忘得差不多，但这种刚刚好的"决定性瞬间"还是让人印象深刻的，让人想起留学期间的简单时光。

我就选择了这一间。这里的每个房间都有一个名字，都是与湖区息息相

吉尔平湖边小屋的水疗馆

关的人物或景致，我把门上的字仔细一看，喜出望外：毕翠克丝（Beatrix）——"彼得兔"系列丛书的作者。

这个秋天，九月刚刚结束，在下着雨的英国湖区，真是让人不想起毕翠克丝都难。她笔下的那只乡下鼠——提米·威利，经常在下雨的时候，打着叶子作伞，赏着花，或者索性躲到自己的小沙洞里，把小麦和种子，从秋季储藏室里拿出来，剥皮打发时间。我到处寻找这个传奇作者的点点滴滴，英伦风的房间设计，倾斜的窗户下，是一个长长的书架，横跨这两个窗户，摆了很多书。书架下的地毯，地毯上的老式椅子，不远处印花的被单和窗帘，色调都透着柚子红和橘子橙，温馨得就像毕翠克丝笔下的小菜园。

不得不说，毕翠克丝笔下的菜园、乡村风光、小动物们，都和湖区的渊源颇深。她出身不错，父母都是富裕人家的继承人，有丰厚的家底。十九世纪后半期，就像很多当时的有钱人一样，每年夏天，她一家人都会到湖区度假。这个住在伦敦西区的大户小姐，也因此非常喜欢夏天，她可以在湖区肆意玩耍，跳进草地里抓兔子，仔细观察花园里的植物，看附近农场的动物，并且用心把它们描绘出来。这些早年的愉快又自由的经历，促成了她日后的文学事业。那些兔子老鼠小猪的绘本故事，受一代又一代人的欢迎。还有一个重要影响，也是往往被大部分人忽略的：她很早就喜爱和自然环境和谐共处，并和英国国家名胜古迹信托机构（National Trust）的创始人之一罗恩斯利（Rawnsley）成为好友，把她人生的后半部分时间，都倾注于湖区自然环境的保护以及当地农场生活方式的保护。后来，她收购和管理保护的农场土地成为现今湖区国家公园的重要部分，她生前在湖区的房子也交给了名胜古迹信托机构维护，供人们参观。

我开始找寻，房间是否有她笔下小动物们的痕迹，发现在床上有一只玩偶猫，我抓起来摆弄着，无意间发现它的脖子上还记挂着一个小商标，商标的另一面印着这只小猫的名字，很巧，和我的英文名一样——Echo。我以为不会再有惊喜的时候，发现浴室里有几只木刻小鸭子，在浴缸边站着，这不就是毕翠克丝笔下的杰尼玛泥潭鸭吗？那个坚持自己要孵蛋，却差一点儿被狐狸骗成烤鸭的杰尼玛，当她终于争取到自己孵蛋的权利时，却发现自己并不是一只好的孵蛋鸭，最多能孵出四只小鸭子而已，但她却有一个很好的理由：我很好动，坐下来对我来说，太难了。杰尼玛说出了我的心里话。这么温馨的房间，虽然我也能在里面拿本书坐上一天，但这是英格兰湖区，一个孕育了湖畔诗人的仙地儿，不出去走走，怎么对得起这美景当前？

外面恰好雨过天晴，耳畔似乎传来了乡下鼠提米·威利的声音："当太阳再次出来的时候，就会看到花园里的鲜花，玫瑰、蔷薇和三色堇，一点儿杂音都没有，只能听到鸟儿唱歌，蜜蜂伴奏，哦！还有草原上的羔羊也出来走动了……"

吉尔平酒店户外休息室

杰尼玛小鸭子浴缸

丛林湖畔·浴缸夕阳

木桶浴的细节

在这里,为了让客人享受英国湖区的自然风光,酒店专设一个房间,放着不同尺码的防雨衣和威灵顿雨靴,木质的长椅子占据了一整面墙的前方。长椅另一侧的桌子上放着图册,提供很多徒步线路,长则三天,短则两个小时左右,满足不同的户外需求。我先选择了一条最短的线路——沿着酒店的湖畔环走。换上舒适的鞋子后,准备去探索湖光山色。

一推开门,阳光已经出来,花影摇曳,高低错落,延伸向一片湖,波光点点,照得人心情明亮。作为英格兰湖区最知名的酒店,拥有一个私人湖畔,确实会显得名副其实,吉尔平酒店的美,得益于湖畔,却又修饰着湖畔,自然水域和景观设计相得益彰。穿过花丛,刚换上的防水靴子带着我兴奋异常的双脚,踏着斑驳错落的石路,走向湖边。就在湖边几步前,左侧,大树下,一个热水盆浴放在花园的终点,虽然花园大部分铺设着石质的地面,这里却专门为这个热水浴盆修建了木质的表层,木与木之间疏落开,没有连在一起,方便溢出来的水从木头缝隙间留走。这个浴盆正好对着湖畔,惬意。可惜这个热水浴对我来说，有些现代和暴露，害羞的我，更期待着那个隐藏在树林里的日本浴。要寻找它，就得转一个弯，先到达湖畔徒步的起点。

在徒步起点处，有一栋建筑很自然，融于这片湖中，贴着小丛林而建，却又非常醒目，就是酒店的水疗屋了。这栋建筑由酒店主人的儿子本主管的本·坎利夫（Ben Cunliffe）建筑设计所设计。本从小生活在这里，很熟悉周围的环境，于是选用木头质感的外形，隐匿丛中；配合宽大明亮的玻璃，面朝湖畔；再结合内部干净清爽的设计，舒适放松；就这样，建成了水疗屋，很快获得了2013年的英格兰北部设计冠军。

走过了这几个别致惬意的小景，终于找到了徒步的起点。打开一扇小栅栏做的门，就看到丛林小路弯弯曲曲，环着湖畔，看不清延伸到哪里。我努力呼吸着丛林的新鲜空气，想把伦敦的繁华吐出一部分嘈杂。还没有走多久，就已经惊起鸟儿无数。很多鸟类鸭类，从我这一侧的湖面上飞起，跑到湖中心的一小片绿洲之中，好像在躲避我的"窥视"，其实真没有这个想法，反而是你们不小心窥到了我的路过。之后，我走到湖的另一侧，又听到一片水鸟声，一叶小舟慢慢划了过来，坐着一对恩爱的情侣，划着水，聊着天。湖畔庄园的倒影就洒落湖中，被他们的小船桨一打水，配上几只惊鸿飞起的鸟儿，湖景变得影影绰绰，非常梦幻，这是在温德米尔景区大湖畔很少能享受到的安静。

湖区位于英格兰和苏格兰之间，大部分游玩英国的旅行线路不会错过这个景点，但是因为湖区名声在外，酒店费用水涨船高。巴士旅游线路会选择在上午到达，夜晚撤离，并把住宿安排在湖区北部的小镇卡莱尔，这样既节省成本，又方便第二天向北部的苏格兰行进，节省时间。因而，大部分的湖区一日游观光路线中，都集中在温德米尔小镇游览和景区大湖畔坐一坐，这也就错过了湖区最精华的特色——隐秘和幽静。而这两点，在吉尔平酒店房间不远的丛林湖畔，就能慢慢体味，何乐而不为？

不知不觉，走到了酒店湖畔深处的丛林外围，视野忽然开阔起来，一片平原就在眼前，再走几分钟就可以回酒店了。这就是日本浴的位置，我远远地看到了一座黑色大猩猩雕塑挡在眼前，它身前就是一个大型木桶。这是非常简单原始的日本浴，木桶外边有一个小火炉，烧的是木柴，火炉和木桶之间的连接可以把热气从火炉运到木桶里，温度升得缓慢却持久。身旁就是一个多杈的枯树，可以用来挂浴衣，这些粗犷却注重细节的体验，真正让我感受到了日本浴"天地自然"的清寂和圆融，忽然想起电影《布达佩斯大饭店》中，作家和酒店主人之间的这段对话。

"这间浴室很美啊。"
"它曾经很美，只是难以维持啊。"
"就现在人们习以为常的装饰来说，这可能确实有些老旧。"
"可是我喜欢这旧模样，这迷人的破旧感。"

来吉尔平酒店，日本浴是要提前预订的，我预订到了五点，看看表还有一个多小时，于是慢吞吞地走回酒店，换了泳衣，睡了一会儿。再回来时，发现时间刚刚好，恰是日落，坐在木桶里，瞅了一眼黑猩猩，和它开玩笑地念叨了一句"换了新浴缸，临入水，有点儿不好意思"。然后自顾自地望向平原，笑起来，侧脸就坦坦荡荡地被夕阳照着，那些余晖闯过树林，赶时间似的洒落在木桶里。谁让英国的日照这么有限呀，生怕错过它炫耀自己的那一丁点儿时间。

回忆今天的景色，房间里的和湖畔边的，想起毕翠克丝的日记："我很庆幸，自己有一双能发现的眼睛，即使躺下的时间，也能感到我的眼睛在带着我看景儿，路过了瀑布和花丛，看到了湿地、棉花和石……"也许我没有这样的眼睛，但庆幸，有这样的一丁点儿运气和心情。

看 图 慢 话

· 花园小矮人 ·

  这个花园小矮人,摄于吉尔平酒店湖畔木栈上的热水浴边,人人都翘首看湖,他却背对着湖,闭着眼睛,倚着一个酒罐,手摸着肚子,一副今朝有酒今朝醉的样子,自娱自乐着。

  花园小矮人,在欧洲是一个很有故事的形象:他们一般都比较小,憨态可掬地摆在花园里,有的只有巴掌大,有的差不多一米高,通常戴着一顶小尖帽。有的长得像圣诞老人,有的像蓝精灵,有的像《白雪公主》里的小矮人。他们起源于德国,被认为是土地精,在夜晚会保护花园,最早在英国流行起来,是因为一位叫查尔斯的男爵。他不仅是一名贵族,拥有自己的庄园——兰波特庄园,还非常热爱园艺,是当时知名的园艺师。1847年,他从德国旅行回来,带回了二十一个花园小矮人,放在自家的花园里,从此引领了潮流,热爱园艺的英国人把这股风潮一直延续到今天,现在每家花园里都会摆放几个。查尔斯男爵最初的那些小矮人目前只剩下了一位,摆在兰波特庄园里,保险价值一百万英镑。

丛林掩映，湖畔小屋

  幽默感十足的欧洲人，时常不忘记给自己悠闲的生活加点儿料，经常有一些人以盗取别人家的花园小矮人为乐，然后带在身边周游各地，顺便给小矮人和各种名胜古迹合影，洗出照片寄给花园的主人，找个机会再把小矮人放回去。这些淘气的举动，给人们很多启发：法国电影《天使爱美丽》中，爱美丽就把父亲花园里的小矮人送给一个空姐，空姐发回了很多他和名胜的合影，帮助爱美丽患有忧郁症的父亲多接触生活；知名旅行网站Travelocity拍摄了一组小矮人享受旅行生活的广告，名为"谁动了我的花园小矮人"，诙谐有效，颇为流行。

看图慢话

·橙色的味道·

橙色在我心里是带着梦的，连几米漫画的月光都时常泛着橙色。

清早的甜点，因为信赖有着意大利口音的餐厅经理，在他的推荐下，我点了一个煮熟的小柚子，深橙色，像是许久未见的早霞。

在国内，我对食物的感知通常是带着季节的：吃笋会想到春天；看到西瓜就觉得是夏天；顶盖儿肥的大闸蟹总是在秋天；烤地瓜是冬天最温暖的味道。来到英国，一个出了名的没有美食文化的地方，再加上混乱的天气，基本是麻木了我的味蕾。甜点甜到了蛀牙里。主食就是土豆，炸的、煮的、砸成泥的。只能在这样的国度安慰自己：春天可以去西班牙吃海鲜饭，秋天就去挪威吃三文鱼，冬天回国过年吃顿火锅，夏天阳光灿烂，吃什么就凑合着好了。

这正好是九月未央的秋，盛在酒杯里的半截柚子，带着微微的甜，刚煮熟，还有暖暖的味道。正餐是什么我早就忘记了，这份甜品已够让我记住英格兰湖区的整个秋天了。

· 第三节 ·

惠特比的德古拉
Bagdale Hall Hotel

有一家惠特比最古老的酒店，巴格达勒庄园酒店（Bagdale Hall Hotel），耗去了我那次三分之一的旅行时间，只因为那刻着莎士比亚诗句的床：To sleep, perchance to dream.（去睡，也许有梦。）

- 古老酒店类型：庄园酒店，知名的闹鬼酒店
- 时光：五百多年
- 地点：惠特比，英国
- 到达：从惠特比火车站大约十分钟步行距离

睡吧，伴着莎翁的梦

气急败坏的相遇

和巴格达勒庄园酒店（Bagdale Hall Hotel）的相遇，是因为到海边小镇惠特比时，一次令人气急败坏的酒店入住经历。

那年 6 月，去惠特比的时候，没有想拜访任何古老的庄园或城堡酒店。这是一个海边小城，渔村，很美，毕业论文写到了最没有灵感的时候，还想着在英国找工作的事情，只想出去散散心。

这次旅行也是我第一次住英国的 B&B，意思就是床位和早餐（Bed and Breakfast）。一般是家庭经营，自己家的房子，这和青年旅社类似，都属于比较便宜的住宿。但是 B&B 一般是自己单间居住，房间五个左右，很多是房间里带浴室的独立套间，而且加上房子主人对房间的打理，有了主人的特色和当地的特征，因而也出现了很多奢华的 B&B，价格和四五星级酒店已经不相上下了。现在旅游业的大亨级别的 OTA（on-line booking agency，在线旅行社）爱彼迎（Airbnb）就是对这类资源的整合。B&B 还有一个特色就是，因为没有星级酒店固定的服务标准，它们的入住时间要根据屋主自己的规章来决定。而我预订的这一家，下午四点才开门迎客，由于我事先没有认真阅读发到我邮箱里的信件，下午一点就到了。我背着一个背包，挺沉的。我很生气地在外面敲了半天门，甚至气急败坏地踹了几脚，折腾了半个小时，才觉得真的不可能有人在里面。按照屋外的电话牌打了过去，才得知，四点之前是无法有人来给我专门服务打开门的。

惠特比海湾

背着行李包,不想这样去玩耍,就走回了惠特比的游客信息中心。我是那种只要看到有专家在场就想问问题的人,于是拜托信息中心的工作人员,帮我写下几个老房子改建的酒店,越老越好,有家族故事更好。她们对老房子不陌生,但说到老酒店,饶有兴趣地讨论了一番,在一张便条纸上给我写了几个名字。

巴格达勒庄园酒店,除了山顶的惠特比城堡(Whitby Abby),这个就是这里最老的房子了。她们说,现在它是一家酒店,而且是一家有故事的酒店。

皇家酒店(Royal Hotel),这家没有那么古老,但是酒店里挂着《德古拉》的作者布拉姆·斯托克(Bram Stoker)的肖像画,还是有一定历史价值的,而且就在海边。

被我知道了，怎么能不去？当时还没有想到要写书，但是毕业论文恰好就是古迹旅游业，所以以此为缘由，走到酒店，问工作人员，是否可以带我参观一下酒店，给我讲讲故事和历史。就这样，约到了第二天。

诗人、文豪和鬼——既来之，则安之

"苏格兰的那天晚上，我们找了很久的酒店，终于落脚在一家城堡，我很喜欢。"朋友说，"可是我们事先没有被告知这里有个派对。睡觉的时候感觉楼上的房间有人走动，步子还挺稳，杯子和盘子乒乒乓乓，持续了一段时间，我们才睡着了。"

他故弄玄虚地停顿了一下，说："你知道吗？第二天早上，我和前台抱怨说，我们楼上有派对，你们应该提前告诉我们。"

"你猜前台说什么？她说，你们楼上的房间，昨晚没有住人，也没有派对。"

如果我没有把拜访古老酒店、听古老酒店的故事作为自己的爱好，朋友的这个故事，可能真会吓着我。

到达巴格达勒庄园酒店时，接待我的是酒店的现任主人和一位女士，她和我简单讲述了这栋建筑的古老痕迹。"这是惠特比有人居住的最古老的房子了，如果想找再古老一点儿的，可以爬上山，去看看惠特比寺的废墟。"

这家酒店是由三栋古老的房子改造而成，一栋是英国都铎时期的建筑，始建于1516年，一栋是建于十八世纪乔治风格的联排别墅（Townhouse），另外的一栋是建于1770年的乔治时期的房子。Townhouse是一个由英国人创造的词语，形成于古时候的英国。当时英国很多富裕的人，会在市内拥有一栋房子，并在乡下买一间度假的别墅。十八世纪的时候，每每到了春夏社交派对的季节，这些上层阶级的人，会从乡下的城堡或庄园搬到市内的房子居住一段时间，方便参加市内的各种社交活动，也会邀请客人，过来小住或闲聊。

像很多古老的庄园一样，巴格达勒庄园的起始，非富即贵，最早的主人是科尼尔斯（Conyers）家族。在十六世纪，这是惠特比最显贵的家族，其家族成员詹姆斯·科尼尔斯（James Conyers）后来被委任为历史上知名国王亨利八世的贴身侍卫，之后在漫长的岁月中，巴格达勒庄园也经历了传承

庄园外景

庄园酒店的楼梯　　　　　　　　老壁炉

和买卖等，几经易主。历史文献记载，这个庄园在当时是绿荫环绕，其中的一侧，流淌着一条小河，庄园封地的最远处一直延伸到小镇港口边最有名的高桥，从小庄园沿着现在修的路走到这座桥，需要五分钟。

然而，很多客人慕名而来，可能并不知道这是惠特比最古老地酒店，他们更感兴趣一件事情——巴格达勒庄园酒店是英国非常著名的闹鬼酒店之一，有很多客人和工作人员说他们曾经在酒店的楼梯上见过这个老房子已故的主人布朗·布谢尔（Browne Bushell）先生。在历史记载中，他是以海盗罪名被处死的，或许其中有什么隐情。很多"捉鬼人"都喜欢到这里一探究竟，也有客人在点评网站上说，他们曾经在空屋子里听到小孩子的哭声，在楼道间看到奇怪的影子，看到灯忽然被打开却没有人在里面等听起来比较恐怖的事情。

为往事所惑？人如此，这充满故事的老庄园也如此。

"那些萦绕多年的故事，会成为酒店的卖点吗？"

莎士比亚的诗在床头

"我们没有办法判断客人会被这些故事吸引还是会被吓跑，所以当客人前来询问时，我们会说，这里确实有很多故事，但是，据我们在庄园这么多年的工作和生活经历，没有受到任何伤害。"

我倒觉得这是很不错的回答，因为我应该是不敢在这里住的，但是，故事摆在这里，愿者自来，既来之，则安之。如果你是一个勇敢又想在旅途中有点儿惊险体验的人，这家酒店或许再好不过了，以后会成为朋友圈中一个百听不厌的谈资呢。

我看到很多房间的床都有四根柱子，那是富裕的标志。在英国古代，富裕人家的房子都是传承下来的，老庄园或者城堡，免不了有些漏风的地方，他们在床上建了四个柱子，并装饰有帘布，帘布一般比较厚重，可以挡住冬季渗进来的风。这柱子不仅给人坚实可靠的感觉，床头上还刻着一句话，是引自莎士比亚《哈姆雷特》中最著名的"To be or not to be"（生存还是毁灭）那段中的句子："To sleep, perchance to dream.（去睡，也许有梦。）"

罗伯特·勃朗宁的诗

你还记得我时常提起的《托斯卡纳艳阳下》吗?那部描述治愈系古屋的经典电影。佛罗伦斯在刚搬进那个叫"阳光"的老屋子时,用心地擦拭着床头的圣母画像,时不时地和画像聊聊天,祈求保佑,似乎那张床头是她那间老屋的中心。可不是吗?归根结底,这也是睡觉的地方,刻在床头上的,也应该是心里最依赖的。不知道刻上莎翁这句话的那个人,是想做一个什么样的梦呢?是过去那些美好的回忆,还是想象中的将来,也或许,就是些无关紧要的碎碎念而已。

而我,在这个小庄园酒店里,却最想依赖酒店门口上方的刻字,这刻字掩映在一片爬墙植物中,衬着那些青青蔓草,历史重新焕发生机的感觉。这是一句引自英国著名诗人罗伯特·勃朗宁(Robert Browning)的诗:"Grow old along with me, the best is yet to be."

执子之手,与子偕老,时光会渐渐赠予美好。

《德古拉》的城堡·哥特风的万圣节

这应该是一个非常拧巴的故事。

一个风景优美、民风恬静的小渔村，却给了一部暗黑系吸血鬼小说重要的灵感。小镇曾经希望用另外一个发现了澳洲东部海岸的名人——库克船长（出生在惠特比），来代替这个可怕的伯爵，成为惠特比的官方旅游形象。可是人们偏偏喜欢剑走偏锋，因为吸血鬼而来的人络绎不绝，甚至有了"暗夜找鬼"

酒店墙上悬挂有《德古拉》作者布拉姆·斯托克的画像

等专门的旅行线路。每年的万圣节，来自世界各地的人身着异装聚集在这里，庆祝鬼节，成了一项赶不走的传统。

故事要从 1880 年说起。爱尔兰作家布拉姆·斯托克在这一年拜访了约克郡的北部小镇惠特比。这次度假中，他看到了寺庙废墟，听到了暴风雨搁浅船的故事，在惠特比的图书馆中找到了一个名字"德古拉"，在 199 级台阶上的墓园中，找到了很多古时候的名字，这些都启发了他著就传世名著《德古拉》。这部小说在 1897 年一出版就风靡一时，曾被拍成多部电影，最著名的是《惊情四百年》。据说，布拉姆·斯托克曾在位于惠特比海边的皇家酒店住过一段时间，撰写这部小说。我专程跑去这家酒店看了看，那里悬挂着作者的画像。虽然建筑本身和内部装饰并不是我喜欢的古典风格，但是很多人因为这里有小说中提到的山顶寺庙遗址和那 199 级台阶而慕名前来居住。

故事里描写惠特比的山顶的废墟寺庙、教堂的墓地和镇里的景象，是以女主角米娜的视角描写的："那是一片贵气十足的废墟，很大，很多美丽又浪漫的碎片散落在周围……""在废墟和小镇中间，有一片墓地，很多墓碑。""小镇很古老，屋顶是红色的，屋子好像叠在了一起。"过了不久，最重要的情节就发生了，而这个情节的灵感来源，就是当时的一艘俄罗斯船（原文是用了Russian这个词）被暴风雨搁浅在惠特比的岸边。小说里描写说，船员全部失踪，船长的屋子里有一些土，有人看到由德古拉化身的黑色猎犬从船中跑出来，沿着199级台阶跑到了墓碑遍地的教堂中，躲了起来，而那些土则来自罗马尼亚，是德古拉赖以生存的故乡之土，随身携带给他魔力。

灵感本身会不会就是矛盾的？所以才显着与众不同，让人有想讲述的冲动？一边是约克郡的恬静小渔村，一边是东欧古老阴森的吸血传说，可布拉姆就这样把它们联系了起来。基于多年的报社写作经历，他以书信和日记的形式撰写了这部小说，以不同人、不同的体裁，从不同的角度，讲述着同一个主角，为小说加重了真实感，日记部分的内容启发了美剧《吸血鬼日记》。

通往惠特比寺庙的小路

惠特比的海边，非常安详

而这种从不同的人物视角阐述故事的写法，现代作家中也有人尝试，集大成者应该是乔治·马丁所撰写的《权力的游戏》。

作者布拉姆本身的故事也是很精彩的，他的生平，除了可以介绍为《德古拉》的作者，另外一个身份，可能又能为后人带来小说灵感了：他抢了大

惠特比寺庙

惠特比199级台阶之上的教堂墓地

　　文豪奥斯卡·王尔德初恋情人佛劳伦斯，并与她白首到老。王尔德在从牛津大学毕业回到爱尔兰，发现自己的初恋已经嫁人，伤心地写了一封信给她："我会去英格兰，不再回到这个伤心之地。"果然，他的一生，之后只因事回过爱尔兰两次，每一次，都匆忙离开，像是在躲着什么。

　　我去爬那故事中的199级台阶，路不宽不窄，沿着山就能拾级而上，一回头可以看到惠特比海港的灯塔处，时不时会有几艘船游过。在台阶尽头的墓园旁，也就是小说中德古拉的藏身之处，看到一位老太太站在一座墓碑旁，为面朝大海休息的老伴拍了一张照片。我之前不拍墓碑、宗教等相关的景观和人，这一次，忍不住拍了下来。

　　面朝大海，春暖花开，也就没什么好惧怕的了。

· 护身石——黑玉 ·

她好奇地问："你知道这里还有一种宝石比较有名吗？"她拨弄着脖子上的心形饰品。

她说："儿子送给我的，这背后还刻着字。"

晚上七点，回到旅馆，接待我的人说，房屋的主人出去了，旅馆规定四点开门，很抱歉让我久等了。她听说我一点多就想签到时很惊讶，那种把惊讶和抱歉陈述出表情来，不带多余的情绪，看了反而让人很坦然。第二天，她给我做了早餐，和我聊天，讲着《德古拉》这部小说是怎么在惠特比取材写出来的。以及八月和十一月这里的鬼节等。

而她脖子上的黑玉（Jet），是一种类似石头的东西，黑色，比较轻，光滑，很像木化石。它是由于远古树木埋在海底，在缺氧、分解等一列作用下，其中的碳质形成了煤精，色彩朴素。有人相信，这种宝石能够折射恶魔的目光，所以用来做护身石。

约克郡惠特比的黑玉在世界上比较有名，原因是这里的黑玉形成于侏罗纪时期，非常远古，而在西班牙等地的黑玉则仅形成于几万年前而已。在罗马帝国占领英国时期，就已经有人用黑玉做饰品，现在的约克郡博物馆里，还珍藏着这些历史的痕迹。不过，用黑玉做饰品能在英国流行起来，还是与维多利亚女王有关。女王的丈夫死后，她选择了黑玉这样淡雅朴素的宝石，一直佩戴，她的那些黑玉饰品就是在惠特比取材，自此，黑玉便在英国大范围流行。《唐顿庄园》中的大小姐玛丽，经常佩戴黑玉饰品，有几条黑色的项链很常见。

看 图 慢 话

· 蓝色封印的老房子 ·

　　路过惠特比的一座有"蓝色封印的老房子",想起了这个已经有 150 年历史的"英国名人故居保护项目"。在英国,时常会看到有一些建筑的外侧钉着一个圆形的蓝色牌子,上面写着某人,在哪年曾经住在这里,做过什么出名的事情。这像是一个历史封印,将过去的故事和这些保留到现代的建筑,紧紧地扣在了一起。

　　"倒像是真迹鉴定中心的圆章呢。" 我想。因为这些蓝色牌子,是永久性地被英国非政府性质的行政公共机构"英国遗产"(English Heritage)等,经过历史调查和认证之后,钉上去的,新的屋主不可随意挪动或移除蓝牌,也不能随意改造建筑布局,因为其本身的历史价值远比那些现代改造更有价值。带有这类蓝章的名人故居,会比正常的房子贵很多。

　　惠特比的这块蓝牌,写着:1760 年至 1829 年,威廉·斯科比(William Scoresby)曾经住在这里,捕鲸人,北极圈的远航者,船上望台的发明者。其实,故事远比这一块蓝牌的简短描述精彩很多,比如他的话曾经启发了世界上最著名的捕鲸小说 Ishmael (Moby-Dick),他喜欢去北极,喜欢研究北极熊、海豚以及鲸鱼的习性,还喜欢把自己做的北极熊送给朋友当宠物。

　　与其说这蓝色的牌子是一个封印,倒不如说,它是一个时光之口,供人们通过它,去探索那些古时候的故事和传说,留与后人说。

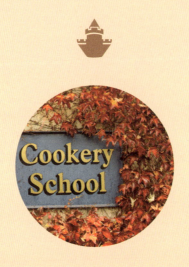

第❷章

林间花开
——远离尘嚣

庄园酒店园林的秋天

· 第一节 ·

深秋醉，约克郡的水彩庄园
Swinton Park Hotel

> 推开门，森林好安静，阳光好温柔，好久好久，没在森林里游荡了。
> ——几米漫画《森林里的秘密》

- 古老酒店类型：城堡酒店
- 时光：近四百年
- 地点：马沙姆，约克郡谷地附近，英国
- 到达：距离瑟斯克火车站半个小时的车程

我很喜欢一本杂志，叫《谷物》（*Cereal Magazine*），有关旅行和生活。清心寡欲的设计范儿，文字浪漫到我读起来都比较吃力，可我偏偏很喜欢，多半是因为它的色彩和设计：图片全是过曝，主体躲在一个角落，大片的空间留给了非灰即白的天空。当大家恨不得一天分享完《一千零一夜》的时候，它还依旧是不紧不慢的，一年出两期。每次翻到这本杂志，都忍不住笑，只有英国人才能办的出来吧。

那天下雨，十一月了，我匆匆忙忙地从火车站跑出来，火车晚到了二十分钟。远远看到了有人举着史云顿公园城堡酒店（Swinton Park）的牌子，站在雨里等着我。忽然好像回到了两年前，我拖着两个大箱子，慌里慌张地从利兹的火车站出来，看到站前接我的人和淅淅沥沥的英国秋天的雨。

他穿着哈里斯料子做的西装，笑得体贴又绅士。我离开约克郡两年，这次回来，觉得自己像一个小动物，会轻易地依赖上第一眼见到的事物或人，原来我还是很喜欢这里，英国北部美丽的郡。

缭绕的雾气和英国典型的灰白天空混在一起，他含蓄地向我介绍这地势起伏、线条优美的小镇。他把车开得很慢，我们蜿蜒而上，隐隐约约看到了绿色山丘和啃草的牛羊。一个小时之后，太阳找到了自己的方向，光线洒落下来，穿过变薄了的雾，像是水彩晕开在白纸上。我们停下来看了看，秋天的清冷就这样体验到了，像是看到了一株在阳光下的带着露水的花，多一点儿乌云就不清，少一点儿阳光就太冷，真的是刚刚好。

史云顿公园城堡酒店的秋天

喝酒,赶羊,顺便去看慈善盛会

"这里居然有黑羊牌子的爱尔啤酒,一定要尝尝。"

那天是在牛津郡的一个庄园酒店的酒吧,朋友当时毫不犹豫地点了喝。我倒是很喜欢看英国人喝爱尔啤酒,它本就由大不列颠岛人发明,颜色和口感都偏浓厚一些,一口酒下肚,那种满足的感觉,在灯火阑珊的酒吧里,更让人心安。

他和我讲起这种品牌的渊源:约克郡谷地里,有一个小镇叫马沙姆,那里有一个家族经营的啤酒厂,就是黑羊(Black Sheep)。到现在,已经经营了六代,在英国算是数一数二的家庭酒厂了,虽然中间有过停顿,但作为一个家庭来说,能把一件事情坚持六代人,这份热情终究是让我对马沙姆这个小镇的人、物、酒,产生了好奇。

史云顿公园城堡酒店就位于马沙姆，城堡现在的女主人的封号是马沙姆夫人。我在去城堡酒店的路上，恰巧路过黑羊爱尔啤酒的酿酒厂，远远地看着，古旧的老房子和周边的老屋没有什么区别，但是对于当地人乃至整个约克郡人来说，这是他们非常喜欢的品牌，它的历史和味道，早已经融入了这里太多的风俗民情。1992年，泰克斯顿（Theakston）家族的保罗为了这份理想和传承，重新开始酿酒，正在思考酒名的时候，她的妻子在厨房里随口说了一句，就叫黑羊吧！

马沙姆小镇和羊的渊源颇深，以牧羊闻名，牧羊产业的收入养活了村子里的许多人，而且，每年秋天都会有牧羊节。募集善款，捐给不同的慈善机构，可能是癌症研究所，也可能是直升飞机救护队。这一天，大街小巷挤满了身着各类服饰的人，很像cosplay（角色扮演），大家伴着乐队演奏的乐曲唱歌跳舞，让快乐尽情释放。在开阔的草地上常有动物表演，人们带着孩子聚集在那里。有的年轻人带着自己的鸡鸭鹅站在草地中心，指挥着牧羊犬，让小动物们整齐地列队爬障碍，过小通道，训练有素。人们嬉笑打闹，很欢乐。

我不自觉地想起了《傲慢与偏见》这样的英国小说里描述的乡村活动和那些广阔的府第。接下来的城堡园林游览，更让我逐渐了解了这些生动活泼的小说是有着多么完善的灵感来源：广袤的草原和山川，成群的牛羊和夕阳，还有骑马、狩猎，和猎鹰……

射击，骑马和钓鱼

Content to breath his native air / In his own ground.
Whose trees in summer yield him shade / In winter fire.

　　不是很喜欢直译一首诗，因为对诗的理解，总是会加入自己的想象。诗人的诗，离开了他的脑海，落了笔，便要任由它产生无数种语境，所谓知音，也就是和他想的相似罢了。上面这首关于英格兰乡村生活的诗，我很喜欢：种树，砍柴，看着壁炉，柴木烧得火星点点；淡然，慵懒，开着窗户，飘落的叶子带来些许冷清的空气……

　　挨着庄园酒店的窗户，就可以有这么美的生活，人都想发呆了，但也只舍得发一会儿呆，尤其是在英国的深秋和初冬，猎鹰、射击、骑马和钓鱼，这些消遣，一样都不能少。

　　在预订史云顿公园城堡酒店的时候，我最先看到的是庄园的骑马项目。这里位于约克郡谷地边缘，有非常开阔的视野和空间。曾读过一句话："在马背上的时候，我们向风，借了自由。"一点儿都不假。为了体验这份自由，我练习骑马，当时可以自己控制着马儿小跑了，于是提前了一个月预订，很希望可以预订到庄园的骑马项目。只可惜有房间的时候，骑马课程已预订满，而有骑马课程的时候，房间又订满，二者都有的时候，都排到冬天了。这深秋时节，是马背上的高峰期，约克郡谷地的颜色美到绚丽。最后，只能开车在城堡的近 90 平方千米的天然园林里观光。

　　一路沿着山坡向上，深秋的约克郡谷地，有几只羊正悠闲地在小小的路上发呆，眼神直溜溜地望向远方，我们停下车来，等着它们慢慢休息。不过也恰恰因为这一会儿的工夫，我下车，仔细看了看路一侧的荒原，深褐和淡紫，偏沉静的几种色，均匀地混在一起，很像画水彩的时候用来蘸笔的水盘，你明知道主角不是它，却忍不住看着，它在一旁的沉默。

我走到不远处，河上游的大桥中央。刚刚下完雨的午后，天很蓝，水很静，像是刚刚刷上一层蓝底色的水彩纸，悄悄晕染着，让人禁不住顺着水流的方向往远处望，恰好能看到钓鱼区。在庄园里钓鱼有三个地方：庄园湖区中可以钓到粗暴凶猛的肉食狗鱼、鲈鱼等；水库里主要有人工放养的鲑鱼和长的很像三文鱼的红头鳟鱼；乌尔河里主要有野生鲑鱼、三文鱼，以及背鳍很长的茴鱼等。

钓鱼的人往往被人羡慕，有着大把的时间享受着这里的美景，而且，英国人保护生态，大部分鱼钓上来后，还是要放回去的，纯粹是闲情逸致。我打算不想鱼了，钓上来也吃不着，宁愿在这桥上站着，画一只猫。

是时候回到车里了，羊儿也都结束了"远方的诗"，低头吃草，开始处理它们生活中的"柴米油盐"。接下来要去的地方，向导很开心，他是一位精通射击、非常健谈的当地人。到达他的射击教学训练营的时候，那里有很多七至十岁的小男孩在听课，气氛很活跃。因为我只要求简单体验，所以射击课程非常简短。他把安全措施仔细讲给我听，没有进行系统的技能训练，分发给我耳塞、皮质马甲和帽子。佩戴耳塞主要是为了防止声音太大，穿上马甲可以减轻枪的后坐力以免打疼肩膀。配备齐全，就带着我直接上岗练习了。

这里的射击训练是移动靶射击，人基本不移动，靶子动。我的靶子是天空中飞过的小飞碟，教练手里有一个非常小的遥控器，按一下就会有几个飞碟连续飞过，我一个个打就可以，如果打不中它就会飞到另外一侧的树丛里，很有趣。记得总共有十个小飞碟，我打中了五个，对初学者来说还算不错。有个小技巧：因为小飞碟是移动的，所以要瞄准它移动方向的前方，这样才会在子弹打出去时恰逢飞碟飞到那里。史云顿公园城堡酒店的射击训练营还有很多复杂的移动飞碟训练，比如两个方向同时发碟，交错纵横，但那更适合中级和专业选手。如果非常喜欢及经济条件允许，还可以直接到庄园的荒原上打猎，捕野鸟，好几千镑一次，十足的贵族运动。

离开训练中心的时候，我想照相留念，于是抱着枪像放单反相机一样放在眼前，把帅气的侧面留给教练，希望他帮我照下这作假的帅帅的动作。教练不答应，说这样不专业，他把枪掰开，差不多就是要装子弹之前的样子，放在我臂弯里，还得让我看着镜头，太不符合照相的文艺范儿了。不过，只能这样来了一张，谁让人家是专家呢！后来，我在庄园里看到几张黑白图片，发现照片中的人们确实都是这样的动作。

射击中心实际是一个非常野生的环境，在一片稀稀落落的树林中，有一座惬意的小木屋，出来之后开车不久，就可以到达一片更高大的丛林。向导的时间控制得刚刚好，这时恰巧夕阳西下，阳光洒在丛林中，我们缓慢地开过，夕阳慢慢地跟着。到了一个大石头阵附近，基本就不见了踪影，一片斑驳的石墙和石缝间的墨绿挡在我们面前。十八世纪后半期，英国建筑业正处于衰落的时期，就业率也很低，城堡主人丹比雇用了当地人，在史云顿公园城堡附近建造了一个英国巨石阵的复制版，并每天支付工人工资，保证他们的基本生活，在当时传为佳话。

两个小孩牵着狗，听到车声，便从石头阵里探出头来看看我们，脚上的威灵顿雨靴满是泥泞，小狗朝着我们的方向闻了闻，脖子上的项圈晃了晃，

我的射击摄影姿势

勉强还能看出是粉红色。我们一走进石阵,就看到了一对中年夫妇坐在那里,看着孩子和狗嬉笑打闹。

"你们今晚需要浪费好多洗衣粉了吧?"

"哪天不是啊?你懂这里的天气,下雨的时候也要抓紧时间出来晒晒太阳。"

对啊,听着这句话,忽然想起《芒果街上的小屋》:你永远不能拥有太多的天空……天空不够,蝴蝶不够,花儿也不够,大多数美的东西都不够。于是,我们取我们所能取,好好地享用……

油画里的姑娘们

在房间中央，一个磁砖砌成的炉子，
每一块磁砖上画着一幅画：
一颗心，一艘帆船，一朵玫瑰。

——波茨塔耶娃《我想和你生活在一起》

我对城堡或庄园里的油画非常感兴趣，最早是因为两部电影和两幅挂在不同庄园里的肖像画。

2013年春天，我到伦敦近郊肯伍德庄园（Kenwood House）徒步旅行之时，看到一幅画：一个女孩在一个白人女孩旁边，裹着头巾，戴着珍珠项链，衬得她棕色的肤色很俊美，一双大眼睛匆忙地瞥过来，手里抱着一束刚采摘的花，好像就要愉快地跑出我的视线。2013年，一部名为《佳人蓓尔》的电影在伦敦上映，我好奇地去看，才知道这幅画的故事：蓓尔是一位英国皇家海军军官和非洲女奴的私生女，在母亲死后，被寄养在父亲叔叔的肯伍德庄园里，和白人小姐伊丽莎白一起长大。她在当时遭到了不少世俗偏见。蓓尔的生活记录留得不多，而这幅肖像画如今却挂在庄园最明显的位置，留给后人看。

2015年8月，BBC播放了一部颇受欢迎的电影，是关于风流艳妇（Lady W）的。十八世纪末的英国，当女人还是男人财产的时候，发生了这一段惊世骇俗的风流事，她带着27位情人在法庭上指责她的丈夫。而她的巨幅肖像油画，就挂在利兹附近的哈伍德庄园中。2012年我去那里的时候，恰巧遇到我来英国后的第一场雪，白雪皑皑，绵延整个庄园，而我只在庄园的园林里漫步了一整天。倘若我当时知道这幅画就在这庄园里,一定会去看看她,身着红装的英姿和勇气。

而走进史云顿公园城堡酒店的前半个小时——准确地说,是从城堡酒店的前台到我的房间,我们走了半个小时,走走停停,因为工作人员很热情地向我介绍那些挂在墙上的肖像,他们有的手握猎枪,有的身着盛装,有的一身军戎,也有的和宠物嬉戏。相同的是:他们都曾和这个城堡有过渊源,是历代主人的家人或朋友。

史云顿公园城堡的雏形始建于1695年,由丹比爵士出资建设,花园在1760年左右设计完成,但是直到1800年左右才建成了前方的塔,使它看起来更像一座城堡了。1882年,塞缪尔·坎利夫-李斯特买下了这座城堡,并在天花板上镶嵌金箔,现在在城堡酒店的塞缪尔餐厅天花板上,还是可以看

油画的姑娘

到那曾经的富丽堂皇。后来塞缪尔和自己的孙女莫莉及孙女婿菲利普三代同堂，住在这里。但是不久后，两次世界大战相继爆发，菲利普把城堡的一部分交给哈罗盖特女子学院作为校区，之后又把主园区交给了英国保守党学院。但是在莫莉及菲利普逝世后，城堡被人买走，并一直作为管理培训场所使用，直到他们的重孙马克及其母亲和姐妹们把自己的家族城堡重新买下，并修旧如旧。2000年，作为城堡酒店，史云顿公园城堡酒店开业了。

看着那些挂在墙上的油画，回想着这些历史，这其中会有哪一段，将被后人戏说成剧呢？

看图慢话

· 厨艺小筑 ·

主城堡的右手边，一座长方形的建筑，只有一层。秋叶爬满了它的外侧石墙，墙上的招牌写着：Cookery School（厨艺小筑）。墙前一张椅子上散落着秋叶，绚丽火红，吸引着人想上前去看。坐到长椅上，恰好可以看到城堡酒店的园林，小鹿悠闲地啃着草，几只黑脸小羊也在不远处发呆……

这建筑曾是城堡的马房，在城堡被改装成酒店的时候，马房也被重新整修，改建成一个小型的厨艺学校，邀请很多知名主厨前来授课，客人可以自己取材、学习、制作、享用。很多英国的城堡酒店都搭配有花艺或厨艺空间，通常就在庄园或者城堡的花园小屋里，供客人消遣学习，享受插花、烹饪、聊天的悠闲生活。

史云顿公园城堡酒店的厨艺小筑有两个特别值得推荐又特别受欢迎的项目。其一是"野生食物寻找和制作"，教授这种厨艺的是英国著名的野生食物指导师克里斯·巴克斯，他平生最大的爱好是烹饪和户外运动，并把两者结合起来，创造了野生食物烹饪。也就是说，客人先跟着他到庄园89平方千米的土地上寻找野生环境中作食材的动植物，他负责指导如何区分可食用和不可食用的动植物，并辅助采集，还教授人们野外求生的基本技能，最后回到厨艺小筑里，指导人们如何把这些原材料烹饪成美食。其二是青少年厨艺课，教小孩或是即将进行间隔年旅行的青年如何烹饪健康又简单的饮食，非常实用。

看 图 慢 话

· 鞋子开出花 ·

看到这个小景儿的时候，天已经快黑了，刚刚看完夕阳，我和射击师傅到达了史云顿公园城堡酒店附近的小咖啡馆 Café Bistro，这里虽然距离酒店有接近二十分钟的车程，但仍属于酒店的领地，咖啡馆几步远的地方就是酒店的附属设施，豪华木屋和帐篷区——史云顿露营地，这里位于酒店的丛林深处，幽静又不贵，供人们度假和休闲。

就在咖啡馆门口的空地上，我看到了一双鞋子，当时笑出了声来——那鞋子很像切尔西短靴，已经被穿得开了口，被随意地摆在门口，自由散漫地盛着土，开着花，英国人的小幽默，就在这里看到了那么一点儿。

欧洲人喜欢花是出了名的，我到英国的第一印象就是下雨的时候，挂在火车站屋檐上的花篮，在风雨飘摇中依然绽放着。之后的旅途中，我去看过了薰衣草花海、罂粟花海，以及声名远扬的切尔西花展。我也时常路过乡村人家，石墙上爬满蔷薇，只露出小小的窗户和涂色的木门。在欧洲人眼里，自家的前院不仅属于自己，也属于路人，必须美美的，这会给路人一个愉悦的心情，好像在说：祝你一路充满发现，充满绽放。

汉伯里庄园酒店婚宴

· 第二节 ·

花开万年，派对可曾阑珊
Hanbury Manor Hotel

十九世纪花香随风飘散一千两百米，
而今，至多三百米就闻不到了。
——木心《云雀叫了一整天》

- 古老酒店类型：庄园酒店
- 时光：近五百年
- 地点：韦尔小镇，伦敦附近，英国
- 到达：距离韦尔火车站十分钟的车程

你有没有因为名字,而想去看一部电影?

我在一家酒店住的时候,酒店的室内设计师和我提到了一部电影,邀请我去看。只可惜,当时一个朋友忽然从布拉格飞过来,出差的时间很短,我去见朋友,错过了电影。

电影的名字是,《远离尘嚣》(Far from the madding crowd)。

有时候,我觉得自己之所以那么迷恋城堡、庄园,以及这些由乡村老屋改成的酒店,不仅因为它保留着那么多时间的故事和痕迹,还因为,它往往倔强地、帝王般地霸占着绵延而又美好的风景,那些属于它老主人的花园和园林。

我基本不记得电影中她和他们的模样,但我记得那绵延的绿野、啃草的牛羊、城堡前面的河流,甚至是雨夜里,风在这片广袤上的嘶吼……

远离尘嚣的乡村一角

偶遇狄更斯的花园派对

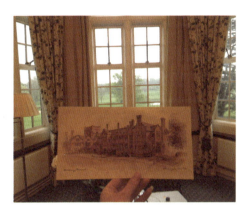

酒店全景图明信片

"如果你愿意,可以去汉伯里庄园酒店(Hanbury Manor)看篝火之夜的焰火。"

这是我第一次听说这家酒店。了解到我喜欢乡村城堡和庄园酒店,一位在万豪工作的朋友向我介绍了汉伯里庄园酒店。它属于万豪英国乡村俱乐部,这一系列的酒店都是由英国乡村庄园改建的,以休闲娱乐为主,往往在当地特色的基础上加入一些特色活动,最常见的是骑马、射箭、高尔夫。

我自然等不到秋末的篝火节,五月刚到,就早早地预订好一切,出发去了庄园。

汉伯里庄园酒店最早建造于十六世纪,当时还属于Polars家族,之后被汉伯里家族买下,那时埃德蒙·汉伯里(Edmund Hanbury)的妻子艾米不喜欢当时的建筑,便任性地推掉重建。十九世纪九十年代,建成现在的样子,当时斥资三万英镑(相当于现在的成百上千万英镑),埃德蒙也因此负债,不得不卖掉宅院，之后这个庄园曾成为私人府邸，也被用作寄宿学校，现在是作为伦敦近郊的五星级庄园酒店而被熟知。

汉伯里庄园酒店最复古的地方是它的橡树厅，墙面有棕褐色的木头镶嵌，从远处看，如同小时候吃的巧克力，一个长条上面有很多方块，像是经历了漫长的岁月改造，却总是想给你温馨和甜蜜。它连着图书馆，古书摆满了整面墙，立起来像是天然的壁纸，地毯永远都会和室内家具搭调，圈状图案，颜色是墨绿和灰的混合。但是我去过的古典庄园酒店，总有一个特色——室内装饰的颜色，不会是纯色，不可能让你那么容易形容，往往是比较浓重的颜色，调和一些肃静的灰色。我忍不住凑近了那面墙并用手摸，拿出书来看，才发现那是真书，大部分有关历史。找到了一本狄更斯编著的《一年四季》（*All the Year Round*），安心来读，总算有一本比较熟悉的书了。看似像书，实际它是杂志，由狄更斯创始，从十九世纪五十年代开始发行，我看到几段有关花园派对的，后来自己翻译了几段如下。

人类的始祖亚当和夏娃的生活中，花园就已经开始成为一切活动的场地。香柏木下，庭院草木葱茏，墙上布满常青藤，似乎一切历史故事的布景都应该如此这般，像在英国的乡村花园，浓郁而私密。在这里，一代代的男男女女曾经踱步路过，那些顽童曾经嬉闹过，恋人们山盟海誓，或是劳燕分飞。斑驳的花坛依靠着茂密的灌木，这里，见证也掩盖着多少重要的谈话。

一个古旧的花园，抑或是花园环绕的古屋，风景如画，让人浮想联翩。这样一个梦幻之地，终究被人们所占据，耕耘着一个个故事，见证着不同的活动。隐退的政客，呵护着玫瑰花，哲学家们冥想静坐，恋人们相亲相爱。这是花园里应该有的景象。亚美尼亚的某处院子里，人类文明起源，在雅典

图书馆的书架　　　　　　　　　　　　　　　　　　　橡树厅

卫城的花园里，哲学诞生在花丛草木间的争论中；在伦敦法学圣地 Gray's Inn 的花园里，培根有了关于《新工具论》的最早想法；赖德尔山的花园里，华兹华斯写出了他的最初诗篇。

花园，古时孕育文明，如今，更多觥筹交错。花园派对，年复一年，丰富了社交，风韵了时尚，见证了慈善。现代意义上的花园派对，起始于十九世纪初期，伦敦肯辛顿的荷兰屋旅舍。荷兰屋旅舍当时的主人是福克斯家族，辉格党的重要人物。这伦敦近郊的庄园，汇集帝国的显赫人脉，饰以乡野的精致风光。草地、鹿苑、花田、灌木，种种掩映中，一座有历史感的宅邸隐约可见。

当时基本就读到了这里，又翻了翻其他的故事，感觉整本杂志很像它名字的来源——"The story of our lives, from year to year."（我们生活的故事，寻味在一年又一年。）——莎士比亚

而我，早就按捺不住，想出去看看这里的花园和乡村景致了。

野花的故事：
吸引蜜蜂和鸟儿的高尔夫球场

"看群鸟啄食，也可以见出它们的个性。譬如小山雀，身子小，喙也小，对付不了高粱，也拿不动玉米，就专拣向日葵籽……小鸟挑食另有个好处，是帮忙播种。种子落地，又如果接着来几场雨，便可能萌发……一只又肥又大的松鼠，居然大大咧咧地抱着喂鸟器吃了起来。所有的鸟，大的、小的、强的、弱的全没了辙。一只只躲得远远地观看。"

汉伯里庄园酒店的高尔夫球场

读刘墉的《花痴日记》的时候，是高中那繁忙的十几岁。希望有个花园，花园里放点儿鸟儿的食物，看着小松鼠和鸟儿逗趣地争抢，我只负责在一旁呵呵地笑，这或许是在烦恼的高中生活最大也最奢侈的愿望了。再想起这段话来，想不到已经过了快十年。

路过汉伯里庄园酒店的高尔夫球场，要沿着球场的外围走很长一段路才能到达酒店大堂，放眼望去，都是高低错落的绿色，人工悉心照料的小鸟巢，为鸟儿准备的食物挂在树上，狭窄却透彻的河流，还有一些紫粉相间的野花，打高尔夫球的人，戴着白色的帽子慢悠悠地走过，享受着第六洞的湖景和第三洞的河景……"针尖对麦芒"，或许是一种更为激烈的方式，所以，人们喜欢看足球和篮球。但总归有人喜欢这种高尔夫的错落和温和：思考，衡量，挥杆，等待，踱步向前，景色变换……就像张爱玲说的"葱绿配桃红，参差的对照"。

在英国读书的时候，我兼职做过一次私人导游，为一位从国内来英国的女士一路翻译和陪同。她非常喜欢高尔夫，但是苏格兰圣安德鲁斯的老球场，作为高尔夫的起源地，在这个时节，需要提前一年预约，她此行也就想碰碰运气。没想到，在当地司机的提议下，我们清晨五点就站在球场排队，过了几个小时，就幸运地拿到了一个位置。那次的圣安德鲁斯老球场，是我第一次完完整整走完了一个18洞的高尔夫场地，我陪同那位女士和从美国来的几位陌生人打完球再走回休息室的时候，已经过去好几个小时了，没有剧烈运动后的气喘，也没有躺在沙发上看电视的烦躁，只有满眼的景色：石楠花错落、大海、小桥、带着阳光的风、沙洞、绿色和海边的风筝……

虽然不如苏格兰老球场那般传奇，汉伯里庄园酒店的18洞高尔夫球场在英格兰南部也是非常有名的，每个周末都吸引着忙碌的伦敦人过来打球休闲，

圣安德鲁斯老高尔夫球场的景色

再做一次酒店著名的水疗保健排毒。2013年，庄园酒店在与其他500多家对手竞争中脱颖而出，获得了世界知名的环保奖项——绿苹果奖，以奖励它的环境友好设计。而这里高尔夫球场的设计和培育功不可没：通过在高尔夫大面积的场地里种植一些方便蜜蜂采蜜的野生花草，既保护了蜜蜂，同时也让这些花花草草自由散漫地成长，很自然地散落在球场；一些树木不仅起到绿化和丰富高尔夫球场景色的作用，还挂了一定量的鸟儿喂食器，在树周围经常会听到各种鸟鸣，很舒服。因此，汉伯里庄园酒店也取得了另外一个重要奖项：它为英国的高尔夫球场赢得了第一个美国奥杜邦体系（非政府组织）环保高尔夫球场资格，要想获得这个资格，最重要的就是对球场环境中野生植被和小动物的保护。

忽然想起，第二次走进高尔夫球场是和一位好友，去利兹附近找一家球场学习课程，也没有向工作人员问询直接就进了球场，大摇大摆地在里面找了一块绿地躺下晒太阳。过了一会儿，工作人员担心我们随意走动会被球砸到脑袋，就开着拉球具的小车，礼貌地把我们送了出去。十分可笑，我们像是跑到鸟儿喂食器里偷食儿的松鼠。

看图慢话

· 最古老的探索 ·

"你是迷路了吗?我可以帮你打电话叫一辆出租车。" 韦尔小镇里,一句关切从一侧的窗户里传来。

"不用了,我就住在附近的汉伯里庄园酒店。"我指着庄园酒店给的地图说,"我只是想照着地图在附近走一走。"这张漫步地图标注了不同时长的路线,我选择了一条 1.5 小时的路线,一路上蒲公英漫布乡间原野,经过的几条窄到只容我一人通过的小路,却绿意盈盈,别无杂色。

"那里还是有点儿远啊,不过你有地图就好,祝你好运。" 她很惊讶地笑了笑,又回到了自己的房子里。

英国的庄园酒店大部分是由贵族府邸改建的,占地面积很大,有些庄园还有附近乡村所有土地的所有权,所以改装成酒店后,会配备庄园地图,鼓励客人带着自己的家人、伴侣或者是宠物一起休闲漫步。在享受休闲的同时,探索小镇的历史文化氛围。

行走,就是最古老的探索。我每去一家古老酒店必做的事情之一,就是在周围走动:东张西望,深呼吸,哼个小曲儿,停下来歇歇,冲陌生人微笑,似乎都是行走休闲的必备。大自然中的一切事物,都热衷于留下它们的足迹,人类本身在最原始的状态,也只是大自然中的捕猎者之一,他们依靠行走和观察来寻找猎物,填饱肚子以延续生命,可能是水痕水声,也可能是一些足迹,都足以让祖先兴奋地寻找下去。

有几百年历史的汉伯里庄园酒店,它的存在本身就保留了当地特色,是历史的凝固和延续。改建成酒店以便让更多人来体验这份古老在现代的延续,是老庄园"行走"的一种方式,它把足迹留在了每一个来过的人心里,他们把这些心里的足迹讲出来,写出来,画出来,分享出来,留下了更多的痕迹。

我看着这张漫步地图,精致小巧,外面还有防水层,拿在手里刚刚好。"路痴真是没救了,这么清楚的路线,最终还是需要谷歌地图的帮忙。"我掏出手机自言自语道。

睡在时光里的秘密

· 收集历史的痕迹 ·

没标准的时候,有了标准就是创新;对标准太厌烦了,就会趋向于追求个性。

酒店大佬们经过百年来的努力,将酒店业的标准建立起来,但是当休闲出差的时候,看到的全是相差无几的星级服务、颜色装饰、服务配置、餐饮小食、摩天大楼之时,反标准或者说是个性就又成了五星级的追求。因为我工作在英国，本书的话题是极具个性而又古老的城堡和庄园酒店，而万豪酒店集团在英国打理了不少这类古老酒店，我比较熟悉，所以，这里以万豪酒店集团为例子。如果你既想要古老酒店这类个性的体验，又想要奢华酒店连锁机构的高端服务，那么这一类酒店就是首选。

2014年3月，我受邀参加过万豪的年度合作洽谈会议，这里聚集了世界各地数百家万豪酒店的代表。这种洽谈是预约性质的，来参会之前，需要在网上预约要见的人，每个预约的交谈会持续十五分钟，然后就要下一个交谈，很紧凑也很有效。就是在这里，我了解到，从2010年开始，万豪酒店集团也收集了一些个性化酒店，主要包含古老酒店，万豪酒店集团进行统一预订和营销，但是它们仍然属于独立酒店，独立经营。万豪集团收集的这类酒店叫作"傲途格精选"（Autograph Collection）。这也类似于希尔顿集团的格芮精选系列，不过希尔顿的这一系列开始较晚，起步于2014年。

在英国的几家傲途格酒店我见到过，觉得是比较符合"历史体验感"的，比如伦敦的圣尔敏酒店（ST. ERMIN'S HOTEL），位于市中心，距离威斯敏斯特大教堂等名胜步行二十分钟左右就可以到达，其建筑属于维多利亚晚期建筑风格，是英国国家二级保护建筑，在1896年左右就已被改造成酒店，现在属于四星级别。它旁边的建筑就是卡克斯顿大厅，是一个历经历史风云的地方，很多名人都是在这里结婚的，比如传奇女星伊丽莎白·泰勒，扮演过007的罗杰·摩尔等。再比如爱丁堡的玻璃房酒店（Glasshouse），从它的名中就可以看到它的历史，是由一座接近两百年历史的老教堂改造成的五星级酒店。从外面看，像是在教堂外套上一层透明坚实的玻璃，宽敞明亮中透着历史的痕迹，最惬意的就是它的屋顶花园，坐在其中，感觉爱丁堡的地标卡尔顿山就在身边，景色很美。

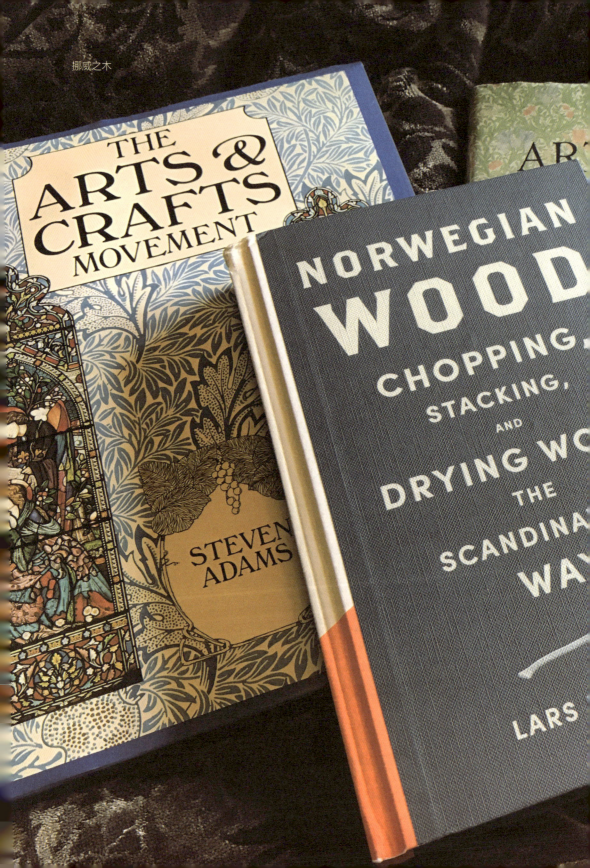

挪威之木

· 第三节 ·

挪威之木

挪威的老房子，总觉得不够老，像那里的雪花一样，很轻，好像能融化在冬天，就一个冬天……

订挪威酒店的时候,没有找到中意的老酒店,因为大部分都是木质的,总觉得和其他欧洲国家城堡庄园厚重的老石头相比,不够老,不够有历史,而且挪威人喜欢把房子刷成白色,显得更年轻和轻盈了。

临出发前的一个周末,我到了伦敦斯坦福旅游户外书店,寻找有关挪威行的文化介绍。却发现,关于北欧的攻略,只有一个小书架而已,一眼就可以扫完,而有关挪威的书,只占据了三分之一左右。其中一本书,特别显眼:《挪威之木》(*Norwegian Wood*)。精装,非常简约的设计,封面只有标题和一把小斧子的图案。那时候,是10月,秋天。是的,冬天也快到了,北欧漫长的、积雪覆盖的、有极光的冬天。

从北欧回来之后,2016年圣诞,我发现,这本书被评为了英国2016年非虚幻类年度书籍。

等买了它,在一段非常闲散的日子读的时候,边读,边和一个北欧的朋友分享。

他说:"你还记得披头士有这样一首歌吗?"

确实是,这首歌在日本被译作《挪威森林》,但我觉得更像是"挪威之木"。

"曾经,拥有过一个女孩 / 应该说,她拥有过我 / 我见过她的房间 / 挪威之木,不是很好吗?"

村上春树在他的同名小说里,也数次提到过这首曲子。

在很多创意题材中,无论是歌曲还是小说,挪威似乎永远和木材森林联系在一起,连猫都有这个名字,而这本新的《挪威之木》更是把挪威与木的

木屋内部景色

关联写得温馨详细，还做了很多历史考证。

"他乐于享受，木材握在手中的触感；木料的味道，让他觉得，自己好像在一首诗里工作；木头推挤成堆，有一种粗犷却整齐的美，给他安全感；这样想想，冬天也会很美好了呢，那么长的时间，可以坐在火炉边烤火，燃烧着木头的温暖……"

这倒是让我想起海子一句简单的诗："从明天起，做一个幸福的人，喂马，劈柴……"

人类劈柴的历史，从最开始就已经有了，在讲述木史的时候，就好像是在讲人类生活的历史，有谁能比北欧人更擅长讲述这段历史呢？那里漫长的冬日、寒冷的雪季、没有日光的极夜里，他们在漫长的历史进化过程中，越来越擅长用工具、木柴取得温暖。

"早上醒来的时候，你会看到雾气蒙蒙，而且是在地表的，在花花草草附近的，像是小人国的天空……"

"你从屋子出发，向上走可以爬山，这里冬天是可以滑雪的；向下走五分钟，你就可以看到最近的峡湾了……" 木屋的主人和我说。

我和好友这次住的是在卑尔根附近村落的一间十九世纪的白色木屋里，木屋的主人是一位六十岁左右的大学讲师，大概是研究历史的缘故，总觉得她身上有一种气定神闲的冷静。临走的时候，她送我去附近的公交车站，那里面朝峡湾，走两分钟就可以看到她的船屋——红色的、小小的，也是木质的。

从北欧回来之后蛮长时间，我才恍然，老酒店何必一定要用老石围成呢？石头确实容易经久，但是古老往往和历史有关，和古时候当地人的生活习惯有关。挪威和森林的渊源颇深，那木质的老酒店，似乎更能讲述挪威的历史。

我在把自己写的关于古老酒店的文章整理成这本书之前，有一段时间，写了几篇微信公众号的推送，每一篇推送最后我都加上了一句话：A journey to be continued（旅程未完待续）……是的，这本书可以完结，但是对于这些古老酒店改造的故事是写不完的，我也会陆续发现很多故事，推翻自己很多固有的想法。

· 第四节 ·

黑山的香味
 Palazzo Drusko Deluxe Rooms

这里的香味，可能来自威尼斯的商人……

- 古老酒店类型：宫殿酒店
- 时光：600 多年
- 地点：科托尔古城，黑山共和国
- 到达：从科托尔汽车站起，步行约需 15 分钟

记住黑山的这个酒店，最开始是因为它的香味，从客厅一直到卧室。它是这么多年来，唯一一个被我记住了味道的酒店。像是把干花和香料塞进了老石头里，从墙中慢慢渗透出来的，又被屋里的蜡烛烘化了的香味。那天下午下着很大的雨，我趴在窗户边上，闻了一个多小时，等着雨过天晴。窗外是雨的味道，窗内是老酒店的香味，觉得这一下午，就这么过了也挺好。

　　当时繁盛一时的威尼斯帝国，也是依靠威尼斯这类港口城市，开展香料等贸易，连接东西方，才在当时起到了举足轻重的作用。香味，尤其是无法一下子辨认的香味，像是神秘的古国，让人难以忘怀，趋之若鹜。不像在那个时候运过来的瓷器或物件，能保存到现在。香味就那么散去了，无迹可寻。你说，有没有可能，有一些那么迷恋香味的人，真的会把这些香料抹在石头上、窗木上、画作里？它们就这样跨越大洲和大洋，在异域芬繁开来，也悄悄没了踪迹。

　　度斯克宫酒店（Palazzo Drusko），从名字看，Palazzo 源于意大利语，再追溯下去就是源于拉丁词汇了，意为宏大的建筑，多为宫殿或博物馆。科托尔的建筑其实是受威尼斯帝国建筑风格的影响，威尼斯帝国的繁盛时期是十三世纪至十五世纪，以现在意大利的威尼斯为核心，占据的领土包括了现在的意大利部分地区，克罗地亚、黑山、匈牙利、斯洛文尼亚等国国土。而小古镇科托尔在威尼斯帝国四个世纪的统治之下，建筑风格受到了很深的影响，其城墙、城堡、城门、塔楼等军事防御设备，也是在威尼斯帝国时期得到了完善。也因为这一点，加上它依山傍海风景优美，而被列为联合国世

古城屋顶的色调

界文化遗产古镇。在 1979 年的大地震中，部分古迹和旧城墙被毁，在联合国世界遗产部门的帮助下得以修护。

这栋老宫殿位于科托尔老城区，靠近圣特里丰教堂。老宫殿在六百多年前，由古石建成，窗户为红褐色的木质百叶窗，连接上下三层的楼梯也是类似的暗红色，很稳重。它在成为酒店之前属于黑山亲王达尼洛二世册封的贵族们（包括王子、公爵、政府领导人等），近几年才被开发成一个精品小酒店。其内总共有七间房，名字都取自威尼斯帝国时期的不同社会身份：僧侣房是单人房；水手房、艺术家房、商人房、船长房和公爵房都是双人房；阁楼房是三人间。其中我最喜欢的是商人房，家具是浓郁的绿色衬着古墙的褐色，很容易让人想起《威尼斯商人》中，浓郁的人物性格和皆大欢喜的结局，这色调搭配也像是老路上长着青苔，有雨后的清新感觉，而且还带有一个水疗浴缸。不过，公爵房是其中最大气的，带有一个壁炉。我居住的是单人间的僧侣房，床的对面墙壁都是裸露出来的老石头，搭配着屋顶的女像雕塑，很坚实的触感，给人很踏实的感觉。家具的色彩非常统一，都是和窗户一样的褐色，看起来简单整洁。

当时的前台人员是米洛，他见到我的时候很开心，说十月会有一个中国团队来居住，希望我在居住的时候，有什么不满意的地方尽管说，这样他可以提早准备，还非常体贴地制作了当地的酒水给我们当时的住客喝。只可惜我当天晚上很累，很早就睡着了，没有参加这个厨房小派对。当时是2014年的九月，酒店刚刚开业不久，有这类精品小酒店的特色，比如米洛可以记住每个客人的名字，一对一地介绍你感兴趣的行程。他很年轻也很热情，笑起来特别温暖腼腆。我回去之后，应他的请求，帮他翻译了两篇入住提示，希望能够帮助接下来入住的中国客人。

多年以后，我在影院里，听到了一首歌，名字叫《别让人偷走了你的百里香》（*Let no man steal your thyme*），thyme（百里香）和time（时间）同音。忽然回忆起在黑山的那几天，那个萦绕在鼻尖的老宫殿的香味。时间和香一样，是给当下的人准备的，飘走了就是飘走了，它们却都能找到各自的途径，留在人的回忆和想象里。

公爵房

僧侣房,单人间

看图慢话

· 有着木质百叶窗的窗户 ·

佛劳伦斯有一个小阳台,她经常打开这个绿色百叶窗,看向窗外。

"每天我都会从这里望向那个拿着鲜花的老人,我会想,他出生在这里吗?他爱过一个人吗?他失去过一个人吗?他好像对我也不感兴趣,但是没事,反正这些天,我都是自顾自地做着事情……"

在我最爱的电影《托斯卡纳艳阳下》,这个关于窗户的描写和镜头非常传神,那个从不理睬她的老人,也终于有一天,朝她笑了笑。

欧洲南部阳光充足,大部分时间很炎热,窗户大多使用木质的百叶窗,而不是窗帘。白天关上可以遮阳,晚上关上可以遮隐私,其缝隙可以容许微风吹入,而且老屋子的主人可以把这木质的百叶窗涂上不同的颜色来显示自己的与众不同。其实,从窗户看向窗外的人,会好好体会这窗户的美好吧?

毕竟,他们的窗外是我们的路过,我们望向的窗户,却是这艳阳下的生活。

第 3 章

老石古墙
——千年光阴不可轻

兰利城堡酒店的婚礼

· 第一节 ·

英国长城下，老石墙与玻璃屋
♡ Langley Castle

《权力的游戏》的作者马丁在接受采访的时候说过，北境长城的灵感来源就是哈德良长城："我去苏格兰，到过哈德良长城，站在上面想着当时那些建造长城的罗马士兵，他们远离意大利，被运到这里。望向远方的时候，会不会猜着，远处的森林里有什么东西……我写的北境长城，灵感源于哈德良长城，却比它高，比它大，比它更有魔力，而且阻挡的，也不只是苏格兰人。"

- 古老酒店类型：城堡酒店
- 时光：近七百年
- 地点：诺森伯兰郡，苏格兰和英格拉交界处，英国
- 到达：距离英国纽卡斯尔半个小时的车程

《权力的游戏》中的北境长城，就在这里

曾经战火纷飞，历史的尘烟里，故事日益丰厚：罗马帝国的勇士曾驻扎于此，苏格兰与英格兰曾纷争于此；附近两千岁的哈德良长城（Hadrians Wall），由罗马人建造，就这样占据了日不落帝国最著名城墙的地位。在城墙之内，有一座十四世纪的城堡，拥有73亩林地，名为兰利城堡（Langley Castle）。它面朝英国长城，是《权力的游戏》中黑城堡的原型，在第二次世界大战中曾是女子学校，如今被改造成酒店，迎接着来来往往的过客。

电视剧《权力的游戏》成名之后，许多剧迷慕名前来，到墙上站着，或者在周边徒步。2014年，在拜访兰利城堡酒店之后我也到了哈德良长城，就在酒店的北部，开车半个小时以内就能到达。详细一点儿说，兰利城堡酒店相对于哈德良长城的位置，就是《权力的游戏》的守夜人基地黑城堡相对于北境长城的位置。

住在城堡酒店的客人，经常会在城堡周边一日游，享受乡村生活的悠闲，探索当地的历史。这里靠近苏格兰，和南方的风格很不一样，如果南方是乡村，那么这里就是乡野。在长城的山坡上，打开一扇小栅栏门——小得只到我的腰部，就可以开始长城徒步了。一个志愿者主动上来和我们聊天，说最近BBC的《乡村风情》摄制组来取景了，看来很多人会在这个著名的电视节目上看到哈德良长城，听一些它的故事了。

那天风特别大，城墙上长满青苔，从眼前蜿蜒出去，延伸向两边，蔓延整个长城的野草跟着风的方向倾斜，第一感觉是荒凉，被风一吹，我捂紧了大衣，又感觉到孤独，恰好天气不晴朗，夕阳不是很明显，但能看到傍晚的

哈德良长城的夕阳

余阳就是一个橙子皮,歪歪扭扭地躺在天边,透过野草,就能看到那么一点点橙色。

公元122年,也就是东汉建光二年,这时候的西方,罗马的哈德良大帝已经征服了英格兰,在南方的贵族们已经渐渐开始在巴斯享受罗马式的生活时,北方的苏格兰人还是在拼命抵抗罗马的入侵。哈德良此时下命修建长城,长达117千米,耗时十年。而关于修建原因,历史上众说纷纭。抵抗苏格兰是一种说法,但是那时候的苏格兰人确实也没有强大到要修一座城墙来挡住的地步,因而,给罗马士兵一些事情做,让他们严于律己和减少对家乡的思念,也就成为另外一种广为流传的说法。每隔1500米左右就会以长城为墙,再修建一座小城堡,给二十多名士兵住,这样,长城修建好之后,它不仅是御敌的墙,同时也是士兵的驻扎处,俨然一个长达117千米的军事基地。

也不知道,这些罗马士兵,在望向远处的森林时,是在想其中生活的人和动物,还是会偶尔偷看一眼家的方向?

城堡外的玻璃屋子

玻璃屋里的分子料理

有一次,和一位从事酒店行业工作的朋友聊天,他说,我在伦敦附近的乡间买了一栋房子,外面加建了一个玻璃小屋子,有一天傍晚,坐在那里看夕阳西下,我的华裔太太朝我轻轻地招手,说:我终于明白了自由是什么。

"你怎么说的?"

"我回应的那句话很俗,'这是我努力工作的动力。'"

我也是对玻璃屋子情有独钟的，尤其是这种古老城堡酒店。两米厚的城墙，外面有一个玻璃屋子，雨落下的时候，要是有一些花瓣，好像是轻轻抖落的粉红睡衣；或者，雪一直下，看着外面世俗的多彩被自然洗净，变成单一的纯粹。如果这时候再有一些钢琴单纯的音色……当然，钢琴声可以有，但是，更让人惊喜的是分子料理。

城堡的总经理菲利普，在兰利城堡酒店已经二十多年，经常出来见酒店的客人，聊聊天。他讲起话来兴高采烈，说，他的大厨利用各种科学的工具，通过物理或者化学变化，把食材的味道、口感、质地、样貌完全打散，再重新"组合"成一道新菜，使一种食材的味道和外表酷似另一种食材。他最爱的是使橄榄油遇冷迅速凝结，变成固体后敲碎，研磨成粉末状，入口即化，让人以为吃的是冰激凌，结果入口却又有橄榄油的味道，非常美妙。

对城堡本身，他们能改变的很少，这种列入保护项目的古堡，连换个灯泡都要向政府报告征求审批。当然，他们也不想改变它，城堡的历史和它的

酒店的顶层房间

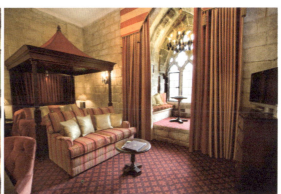

兰利城堡酒店的房间

样子，是人们来这里的主要原因。所以，折腾一些新奇的分子料理，就成了酒店员工们最津津乐道的事情了：在数百年没有改变的城堡里，他们把酸奶变成了萝卜的样子，把橄榄油变成了冰激凌，把鸡蛋做成了牛排。感觉，像是到了哈利·波特的魔法学校。

"很多美食都是我们的厨师团队原创，我非常自豪。团队中有一位小伙子，压力也很大，因为他有两个重大问题——第一个问题是，他的父亲也在这里工作；第二个问题是，他的父亲就是我！"

下午茶

意外的伴郎,以及一个醉汉

墙上的织锦上写着:女人们,将天堂的玫瑰织就在人间

　　兰利城堡酒店经常举行婚礼,越来越多的人喜欢这种私密的仪式。远离喧嚣,在有几百年历史的石墙内,举行一场安静的婚礼,默默期许,希望自己的幸福也可以这样长。我曾经搜遍网络,企图寻找一种除了物质以外的因素:为什么人们越来越喜欢在城堡举办婚礼?后来,想起小时候读的书——格林童话中,总有一句让我们这一辈子也无法忘怀的话:王子和公主,从此幸福地生活在了一起……正是因为这样吧,只有城堡才配得上王子和公主的梦幻童话。

　　菲利普说,兰利城堡有许多婚礼趣闻。有一位来自美国得克萨斯的男士和女友在这里举行了婚礼,婚礼当天才发现伴郎来不了了,新郎热情相邀菲利普作为伴郎,他趁兴应许,还即兴演讲,整个婚礼热情而有趣。他讲这个故事的时候,我们正在下午茶餐厅里,那两米厚的墙挖空了一块儿,做出了一个榻榻米,我坐在里面,背对着窗户,正好可以看见整个屋子,也瞥到他身后的一幅织锦画,画上有几个女人和孩子们拥抱着,灰黑色调的主体,点

墙里的座位

缀一些红玫瑰，非常衬托老城堡墙壁的颜色，又有为它点缀和添色的感觉。织锦的上方，用德文写着一行字，后来我问一位懂德语的朋友，才知道这句话的意思是： 女人们，将天堂的玫瑰织就在人间。

在城堡的数十年，让菲利普听闻或亲身经历了很多故事， 他们也在陆续搜集，在搜集的过程中，也发生了很多其他的故事，串串连连，好像永远都在未完待续。城堡有一个计划，就是搜集城堡在不同历史时期的老照片。

有一天，一个醉醺醺的人摇摇晃晃地进了城堡，左望右望，感觉再不去扶他，他就很有可能马上摔倒了。而在这样的酒店，对客人的着装和行为是有要求的。于是，工作人员走上前去，他却摆摆手，说自己要捐几张照片。

而他带来的那几张底片，都是非常古老而珍贵的，现在，它们都被悬挂在城堡的顶层。

睡在时光里的秘密

· 老石头 ·

"是谁第一个用'光阴'来称呼时间的？能在丝丝光影变幻中，听见时间的声音，看见流淌的岁月，定是不一般的心灵……"

——拉姆多多

当时，阳光洒下来了。一些映在厚重的石墙上，一些落在墙前的抱枕上，一部分坚硬无比，一部分温软如棉。

见过不少城堡酒店了，但是墙面这么厚重，老石头如此暴露在眼前，没有任何遮盖的，在兰利城堡酒店，我还是第一次见。这接近苏格兰边界的地方，画风真是粗犷了不少。

其实我很喜欢这里的裸墙，能看到最原始的那些石头，从远方搜集过来，堆砌在一起，就此互相依靠着，过了九百年。墙上的老石头，其实是最有故事感的，如果日子就那么平平淡淡地过着，我们似乎会一直忽略着它们，连碰都不会碰一下，它们就这样默默地看着似水流年，安静地走过。但是，当爱到深沉，苦到极致，或者是寂寞到骨髓里，墙上的老石，就会成为人的寄托。人们在上面刻字、刻时间，甚至用手去捶打，把头挨在它身上，用各种情绪，诉说和深聊……或许，在这些老石头里，还藏着一封《给朱丽叶的信》呢！

我开始佩服它们了。这九百年，城堡的主人，换了又换，功能变了又变，朝代也在更迭，挂在墙上的装饰，大部分都没有被存留下来。这些石头，就变得尤为特殊——它们是在这漫长的岁月里，唯一被存留下来的。

酒店的餐厅

· 第二节 ·

印象派的波希米亚
Chateau Le Cagnard

"旧日的家宅,我感受到它琥珀色的温暖。"
——《空间的诗学》

- 古老酒店类型:城堡酒店
- 时光:近八百年
- 地点:中世纪小镇上卡涅的山顶,蔚蓝海岸,法国
- 到达:抵达海滨小镇滨海卡涅后,酒店有专车免费接送

"这户人家还有一只白色的狗,特别可爱,还很乖。"点餐的时候,我和旁边的一对来自美国的游客聊了起来。

"小狗吧?"他问。

"对的,很小,一只手就能抱起来。"我点头,把手机里的图片给他看。

"法国人大部分都养小型犬,他们喜欢petit(法语,小型、精致的意思)。"

"那美国人呢?" 我问。

"我喜欢看有历史的东西。"那个美国女孩说。

"哈哈,我在英国的时候,发现有几家庄园酒店就是美国人买下来经营的。我的英国朋友还说,当美国人有钱了,他们就想买下一段历史。"我赞同地说。

"买下历史?很对呢。"他俩笑着,接着说,"我每次经过这边的小店,即使是一个杯子,如果有人跟我说,这个杯子有一百年的历史,我也会仔细盯着看好久,还会念叨着,一百多年前的杯子呢……"

"我明天会去滨海卡涅镇的一个中世纪小城,里面有个小城堡,改装成酒店了,也很古老呢,希望我也能碰到几个好看的杯子。"

小镇的墙　　　　　　　　　　小镇的一户人家

普罗旺斯的蒙马特高地

滨海卡涅镇（Cagnes Sur Mer），法国蔚蓝海岸处的一颗小珍珠，在尼斯和文艺小城圣保罗-德旺斯（Saint Paul de Vence）之间。Sur Mer是"海上"的意思，如果从滨海卡涅（Cagnes Sur Mer）小镇的海上往山顶望去，就可以看到一个黄褐色老石屋层层叠叠的小山顶，那里就是上卡涅（Haut－De－Cagnes）小镇。山顶上的城堡飘着几个小旗子，城堡的正下方，走下两层台阶，就是卡纳尔德城堡酒店（Chateau Le Cagnard）。说来也感谢这次居住，不然我也不会发现这个小城。在已经成为度假天堂的蔚蓝海岸，还有这么一个没经过旅游开发、很少见到游客的地方，实属不易。

在二十世纪的法国，这个中世纪老城区被称为普罗旺斯的蒙马特高地，像巴黎的蒙马特高地一样，这里艺术灵感汇集，有很多艺术家的生活痕迹：法国印象派大师皮埃尔-奥古斯特·雷诺阿的晚年就在这个区域居住，并度过了他生命中最后的十二年，他的居所后来被改造成了博物馆；抽象派的毕加索、印象大师莫纳、野兽派的马蒂斯，都曾经拜访过或者居住在这里；走在街上，还可以看到一些博物馆艺术作品的灵感源泉；卡纳尔德城堡酒店的各个房间，就是以这些艺术家的名字命名的。可是，这个小镇与众不同之处在于，这里不仅有蒙马特高地般的艺术气息，更有"波希米亚"的范儿。这个词出自十九世纪初的法国，也渐渐衍生出了"高级波希米亚"（haute bohème）的分支，指那些没有什么牵绊、随处寻找灵感、生活自由却不贫穷的波希米亚式的艺术家。这里，下山则繁华，入山则宁静，开车去海边只需要两分钟而已，是一个生活与工作可以兼得、行事不落传统的地方。有意无意地，在生活上和艺术中脱离着世俗常规。

在南法最著名的文艺小镇圣保罗-德旺斯的时候，我是通过自己看到的艺术品小店记住来去的路的：珠宝小筑、皮包工艺坊、艺术画廊……各有特色。而在这个小镇，却一点儿也行不通，因为这里根本没有什么小店，习惯性地找了半天店的标志，却寻而不得。这里的建筑几乎都是居民住宅，门扉关闭，鲜花满路，阳光洒下来，又留了一半阴影。有的房子涂得五颜六色，有的则保留着古式的老石色，但是，所有房屋上面那层的窗户大多开着通风，一些绿色和花朵开进了窗里。我好奇却不得入，只能通过建筑本身的颜色和门前的植物来辨认：有的门前是蓝色的小花，有的是层层叠叠的大红色，有的是一片嫩绿垂吊下来，也有比门还粗壮的仙人掌，这体现了主人的用心——挡得住小偷，也挡得住平凡。

为什么罗丹要砍去巴尔扎克雕像的双手？为什么维纳斯的雕像那么受人喜爱？真的是因为残缺才美吗？我更喜欢另一种说法：因为缺少，才让人好奇，为什么缺少？本可以完美，为什么偏偏要不展现全部？滨海卡涅小镇给人就是这样的感觉，没有商业的店铺或工作坊，反而更让我好奇，这些古老的建筑里住着哪些人？他们做着什么事？里面的装饰是像外面这样的诗情画意，还是只是普通的茶米油盐？

酒店外墙的质地

琥珀色的家宅·城堡的卫兵

"我们不急的,不用开得很快,你在这里工作多少年了?"

我其实是很紧张。酒店位于城堡正下方,小山城的山顶处,山路蜿蜒,徒步很难抵达,小镇有一辆免费的穿梭巴士从山脚下的警察局把居民送到山顶。如果居住在酒店,酒店会安排工作人员开着小车把房客从巴士站接到酒店。但是小山镇的路非常陡峭狭窄,在这样的地方开车,真的需要大量练习。

"我是来实习的。"

南法人开车比较疯狂,长期的山路驾驶磨练出了胆魄。他说自己早就习惯了,让我不要担心。

终于到了酒店,有惊无险。我看到签到处的右侧,是一个很有城堡特色的拱形休息处,通向四扇门,正前方的两扇门有光线洒进来,还有花与叶子

餐厅天花板的手绘

城堡酒店的餐厅，远处是地中海

可以打开天花板的餐厅

影影绰绰地随风摆动，这恰到好处地照清楚了拱形墙上的手绘壁画，是由野兽派大师马蒂斯的好友伟利（Emile Wéry）画上去的：几只大象，画风古朴，暗橙色调。壁画前方有两只壁灯，枯叶的形状掩映着灯，只能看到其中透出的灯光。

"旧日的家宅，我感受到它琥珀色的温暖。" 这句话用在这里，刚刚好。

而其中一扇有光线的门正好通向城堡酒店最具艺术感的餐厅：它有一个大阳台，能容纳二十人同时坐下用餐，面向地中海和山谷。然而最有名的却是餐厅的天花板，由两百块正方形木板组成，每一个木板块上都是一幅独立的画作，是在1986年由建筑师菲利普·罗伯特（Philippe Roberti）手绘而成的。这个艺术天花板还可以打开，一打开，就有一侧直接露出蔚蓝海岸的蓝天和白云，夜晚，还可以看到星星。

我不是一个法餐米其林爱好者，对这个餐厅的米其林二星厨师也不是很感兴趣，但是我喜欢一切带风景的美好：带风景的房间、浴室、餐厅……任何角落。看见这些风景，我如同一个贪"吃"的孩子。眼睛都不够用了。为了体验这个餐厅的美景和特别的光线，我饿了两顿饭，省出了在这里的一顿豪华餐，三道式包括松露米饭、西冷牛排和小甜点。从晚上七点的余热未消，坐到了十点的漫天繁星。还被蚊子咬了好几下，半夜感觉整条腿都痒，所以如果真的打算好好欣赏夜景，还是建议预先涂一些防蚊虫叮咬的药膏。

我住的那间房是酒店较高级的房间，已经是我能负担起的最好的房型了。房内有四根柱子的古典窗型，天花板上的老木清晰可见，窗户对面的那户人家，地中海式的百叶窗开着，下面望向一条窄窄的巷子，偶尔可以看到有几个人穿行。我曾经梦想自己拥有这样一个房间，一间老屋，空间不大，但足以慢慢体会历史的长度和生活的小细节：夕阳西下，看到买了菜的阿婆，慢慢踱步穿过窄巷回家烹饪，影子在她身后拖得斜斜长长。我还请酒店的经理在空闲的时候，带我参观了两间套房，最好的一间叫毕加索套房。面朝蔚蓝的地中海，坐拥山谷的广阔，我也希望自己能在日出时分，住在这里，看着太阳升起，山谷慢慢有了鸟鸣和光线，人生似乎充满了希望。

> "有宫殿的人梦想茅屋，有茅屋的人梦想宫殿，更复杂的是，我们每个人都有自己的茅屋时分和宫殿时分。"
>
> ——《空间的诗学》

他指着上面说："那个城堡，是格里马尔迪（Grimaldi）王朝家族建造的，你爬几级台阶就能看到。这个酒店建筑本身就属于城堡，用来给守卫城堡的卫兵居住。"又是守护城堡的卫兵？上一次听到守护城堡卫兵的故事，是在英国苏格兰边界上的哈德良长城。而且，他的这一句话里，细细思量起来，其实信息量很大：这里的格里马尔迪家族是现今摩纳哥亲王家族古时候的同族亲戚，都是同一个家族姓氏；酒店顶上的那间城堡，我之后也去参观过，它本身也承担了多种用途，曾先后是守卫疆土的城堡、普罗旺斯地区政府官员的住所，现在是这个地区的现代艺术博物馆，展览着一些和本地区相关的现代画作；城堡酒店的墙壁上至今还保留着一些有关卫兵的壁画。

曾经的格里马尔迪家族城堡，现在是博物馆，在城堡酒店的上方

酒店套房

毕加索套房的阳台

看 图 慢 话

·格里马尔迪家族的摩纳哥·

"你去尼斯吗?那得小心扒手,自从它有名了,扒手就多了。"

"我不去尼斯,但是会去附近的摩纳哥,也是蛮有名的,扒手多吗?"

"不会不会⋯⋯"他们像拨浪鼓一样摇头,"摩纳哥你可以放心,那里非常安全,和尼斯不一样的。"

我在小镇旺斯,走向市中心的时候迷了路,遇到一对遛狗的退休老人。他俩带着我在夕阳下的豪宅区转了一大圈后把我送到了市中心。这么骄傲的法国人,难得听到他们贬低自己的城市,而去夸奖其他国家,看来,这个存在于法国国土内一直拒绝被兼并的弹丸小国摩纳哥,一定有它的特别之处。但是,去摩纳哥之前,关于它的富裕只是略有耳闻,更多的是知道格蕾丝·凯利的绝代风华。

我搜索过摩纳哥的酒店,评论8分以上的三星级酒店价格都是250英镑左右,但是如果愿意接受评分7分左右的,倒是可以找到150镑左右的二至三星级酒店,但比南法其他地区的酒店每晚平均还高出100英镑。考虑到那一天晚上十点我是从尼斯机场出发,距离摩纳哥有一定的距离,就确认自己不会预订这里的酒店了。可以考虑住在滨海卡涅，这里交通很方便，往东可到达尼斯和摩纳哥，往西可达戛纳，往北是圣保罗－德旺斯和格拉斯等内陆小镇。

从摩纳哥火车站的窗口往外望，可以直接看到摩纳哥的巨岩和大海，以及被财富积累出来的淡定和整洁。据说摩纳哥只有三类人：开着私人飞机出行的顶级富翁、坐着公交来服务这些富翁的法国人和意大利人，还有我们这类好奇的游客。我属于坐公交的好奇游客，公交站里，有一辆小车显示在屏幕上，实时告知人们公交车现在所处的具体位置。坐着 2 路公交车直接到达摩纳哥亲王格里马尔迪家族的皇宫，这一路相当于一条观光线路，景色变换迅速：整洁的街道、复古却大气的居住区、繁华的商业街、波光粼粼的地中海，还有海上的私人游艇整齐排列。

我非常认真地听关于皇宫的讲解，这个国家以富裕闻名，而格里马尔迪家族的皇宫又是富裕的顶尖，算得上是摩纳哥的精华了。"不能拍照"查票人员用非常流利的英文、中文和法文友善地提醒我不能拍照这让我感到惊讶，又感动于她的中文发音，我非常配合地全程没有动相机。

如果想知道一个国家的财富，去看皇宫；如果想感受一个国家的人民状况，去看住宅区就可以了。这里的住宅还是南法的都市风，地中海的百叶窗户随处可见，房子也有被涂得五颜六色的，但是相比于南法或者克罗地亚南部同类型的窗户，摩纳哥的窗户上从来不会看到悬挂的、在风中摇摆的衣物，我甚至任何看不到海风能吹动的东西。一切那么坚实，像是这个国家海边峭立的岩壁：这里，不需要通过人们的"随意"来彰显生活的惬意，全是精致与傲气，一种毫不动荡的富贵。

·第三节·

寻来古迹处,风景旧曾谙
Astley Castle

"在这个乱世,男人必须厮杀于战场,女人必须学会等待和计划……"

——小说《白皇后》

- 古老酒店类型:城堡酒店
- 时光:九百年
- 地点:纳尼顿,英国
- 到达:从英格兰中部小镇纳尼顿出发,二十分钟车程

在伦敦的波特贝罗街，我挑选着一些看起来很旧的首饰。

"这个多少钱？" 一个女人问。她皮肤有着拉丁美洲的颜色，头发用一条发带很随意地盘起来，从侧面看，鼻子高挺，很美。

"你真会挑，就这几个贵，因为年代有些久了。" 卖首饰的太太说。

"是啊，我就是喜欢古旧，所以我嫁给了一个老东西。"

我在旁边忍不住冲着这位幽默的女人笑了笑。

就这样，我认识了这位热情如火的朋友。她想学汉语，而我想学西班牙语。她喜欢画画，希望有人帮她的作品拍一系列照片，我恰好也算是个业余摄影师。更巧的是，她家离我家只有一站地的距离，诺大一个伦敦，我们用十分钟就可以见面。

这位来自拉丁美洲的艺术家，在生活里的一举一动都充满了故事。

"我觉得我是一株植物，在哪里都能生长。" 她手舞足蹈地讲。

"不要用水和我干杯，跟诅咒似的，我怎么能忍受得了这么平淡的东西？" 她望着我那杯水，翻了一个白眼。

"不吻我，我会放你走吗？" 她冲着门口喊了一句，几秒钟后，她的英国老公穿着运动鞋，又从门口跑回来，给了她一个吻。冲着正在拍画的我说："拉丁美洲的女人就是这样，走到哪里都改不了这火一般的性格。"

古城堡酒店的禅寂之美

外层的修旧如旧，让它这样破着旧着诉说着

这里要讲述的这个城堡故事，倒是和这位朋友没有交集，但是，从城堡回来的时候，我却想到了她。因为我一直记得她自己以及她老公对她的评价：

"我像一株植物，到哪里都能生长。"

"拉丁美洲的女人就是这样，走到哪里都改不了这火一般的性格。"

就是这样，骨子里的东西，变不了，也不要变。

这就是地标信托（Landmark Trust）在请人把阿斯特利城堡（Astley Castle）改造成酒店时候的关键。寻找、体验和观察城堡酒店也有几年的时间了，这项改造，是我见过的"修旧如旧"最直观的体现——骨子里的东西，根本没变。

"这个颜色,被雨水刚刚洗过，更深了，像是个火凤凰，就在这儿休息着。"

"对啊，1978年的那场大火，这墙都变红了。"

雨过天晴，走在我前面的一对老人家，望着城堡，唠叨着。

这座阿斯特利城堡始建于十二世纪。我心里默念着，那时候，南宋刚刚建立，朱熹创立了理学，巴黎圣母院也开始建设，其他的，我就全都不记得了。而这里，发生过什么？

在城堡的一侧，有一个植物坛，实在不像花坛，和草坪更是相差甚远，因此也只能暂且这样称呼它。一些高高低低的花草，短的长不过脚踝，长的，已经比我高，大部分是稻黄色，偶尔会看到一束束紫红色，非常抢眼地倚在一侧的老桥上。

不经打理，随意生长，"闲居少邻并，草径入荒园"，大概就是这么一种味道。

站在城堡跟前，看到手中的资料照片，俯拍的，像是两个不太规则的长方形套在了一起，外层是最古老的部分，原来的形状保留，没有加建，虽然只剩空壳，窗户和门都已燃烧殆尽。但是在加固墙体时，却大费周章，运用特殊的加固材料注入管中，然后像打针一样，将材料注入墙体，使二者融为一体的同时，也起到了加固作用。这是目前普遍使用的一种古建筑整修科技：前期勘察、凿孔、材料制作、注入材料、后期测评，都需要专业的工程师、古建筑整修师以及建筑工人共同完成，耗时费力，但却修旧如旧。

在两个长方形之间，摆设得非常巧妙，这之间的上方，设计师没有加修屋顶，却在这裸天之下放了一张长桌和几把木椅，可以用餐。那里正对着一个壁炉，壁炉中有一两株野草。这个本应该在寒冷的冬季燃烧着木柴嗞嗞作响的温暖火炉，如今，无柴，更无火。刚下过雨，桌子上还留着很多雨水，而此时已经天晴，蓝天白云大方地铺开一片倒影在桌子上。流水浮云，说的就是这般景象吧？净，虽然不干；寂，虽然这个可以用作餐桌的地方，侍奉的也是人间烟火、茶米油盐。

我想起一个故事。一个秋天，叶子刚刚变色，有的已经落了，老僧对百无聊赖的小和尚说,去把院子打扫干净吧。小和尚欣然前往,劳苦一番之后,交差了。看着一尘不染的地面,小和尚很自豪。老和尚沉默了一会儿,走过去,稍稍晃了晃院子里的树枝,落下些许枯叶,让它们点缀地面。秋天的风儿吹着这些叶子,随意地停下又飞起,不知道最后会安稳在何处。

站在阿斯特利城堡外墙内的露天餐桌前,就是这种感觉。这样的空间布置,有着时间的光泽和质朴的美,粗糙不规则,简单不做作,毕竟已近千年。

内层的长方形,也就是真正可以居住和休息的地方,大部分墙壁都是在近期的整修中才添加的,总共花费 135 万英镑。这里的墙壁,使用的材料、

天花板是镂空的,直接采光

城堡酒店的房间

色彩很像外面那层古墙，只是比古墙整齐了许多。那些故事和人生，跌宕起伏，但是在正史上，也许只是字迹规整地一笔带过而已。真正活过的，才有参差起伏和岁月浸过的染色。

爬楼梯时，朝上方望了望，光线洒在我脸上，一楼的暗色和上方的亮光，让我基本看不到二楼的任何内容，我像是在半路的光明之中。而且，一层卧室到二层起居室之间的楼梯，像是将数十块木条直立起来，多米诺骨牌般地旋转而上。二层起居室有两面墙是落地玻璃，采光很好，使得光线毫不遮挡地流淌进来，照在木条之间，疏影横斜地落在楼道上。我不是幕光中的女子，也非墙下浮思的少年，却在这光影中来来回回很多次，能将古典空间和现代光阴，这么平实淡然地铺在眼前。

我想，那些把阿斯特利城堡的改建项目评为2013年英国皇家建筑协会斯特灵大奖的评委们，定是也体会到了这份感动。

拈花之间，白皇后的千年城堡

"空间和光线，是最受人喜欢的。"《金融时报》的建筑评论家在看到阿斯特利城堡的改建成果时说。

空间？光线？这是两个很有意思的词。在这千年间，这个空间里，有谁居住过？又有哪一段故事，带给了这个城堡无限光耀？

阿斯特利城堡由阿斯特利家族始建于十二世纪，后来因为联姻和承袭，先后有三任英国皇后和这座城堡有关。1420年，阿斯特利家族族长去世之后，城堡由其女继承，而他的女儿当时已经嫁给了显赫知名的格雷家族，自那以后，阿斯特利城堡就归格雷家族所有。伊丽莎白·伍德维尔（Elizabeth Woodville），约翰·格雷爵士（Sir John Grey）的妻子，就住在这里。然而，在她二十三岁的时候，作为红玫瑰兰卡斯特阵营的约翰·格雷爵士在战场上牺牲了。

白皇后　　　　　　　　　　　　　　　　　　　酒店的房间

　　白玫瑰，红玫瑰，拈花之间，却没有微笑，带来了最跌宕起伏的表亲相残。乱世之中，伊丽莎白·伍德维尔在这段历史之中留下了名字，不知是可惜还是惊叹，这名字没能安然于香闺之中，却深刻于宝剑之上。约克的族辉是白色的玫瑰，而伊丽莎白的第二次婚嫁，就嫁给了约克国王爱德华四世，史称"白皇后"。据记载，伊丽莎白在第一任丈夫战死沙场之后，就被婆婆剥夺了继承阿斯特利城堡和其他遗产的权利，只有当时被认可的国王，来自约克家族的爱德华四世才可以重新给她继承权。是讽刺吧，她必须向自己已逝丈夫的敌对家族请求帮助。

　　"在这个乱世，男人必须厮杀于战场，女人必须学会等待和计划。"小说《白皇后》中如是说。于是，大橡树下，伊丽莎白等来了爱德华四世，等来的，不仅是对阿斯特利城堡的所有权，不仅是足以让她衣食无忧的一道命令，更是另一段爱情，一段新的历史。在红白玫瑰战争最动荡的年代，她却以皇后的身份，稳稳站在了历史的风口之中。

而这些历史，也启发了《权力的游戏》的创作灵感，我们可以在这部史诗般的巨著中找到这位阿斯特利城堡女主人的故事：瑟曦皇后和罗柏·史塔克的妻子塔利莎·史塔克。在历史记载中，伊丽莎白有着湖水般的蓝色眼睛和金色瀑布般的长发，在《权力的游戏》中，瑟曦皇后的外貌和她基本相同，而且瑟曦也是当时七大王国中最美的女人。爱德华四世倾心于伊丽莎白的绝世美貌，秘密娶了她，也因此没能促成和法国公主的婚约，在当时引起轩然大波，并直接导致了非常重要的同盟华威家族的背叛。1470年，爱德华四世被迫失去皇位。同样的，史塔克家族中的长子罗柏·史塔克娶了一位美丽但是没有社会地位的女人塔利莎·史塔克，从而触怒了和他已有婚约的瓦德·佛雷家族，直接导致了《权力的游戏》中最惨烈的血色婚礼。

> "他答应她，会倾尽所有，给她所想要的，就像每一个拥有爱情的男人允诺的那样去承诺；而她，相信他，毫无质疑地相信他，就像每一个得到爱情的女人愿意的那样去相信。"
>
> ——《白皇后》

正史和小说，往往会惊人的相似，只是因为，几千年来，不变的总是这些牵肠挂肚的人情世故。

在长达三十年的玫瑰战争中，几乎每一个靠近过皇位的男人，都一一丢了脑袋，而伊丽莎白，自己曾位居皇后，寿终正寝。她和爱德华四世的大女儿，被称为约克的伊丽莎白，则嫁给了来自红玫瑰阵营的亨利八世，这标志着红白玫瑰的合并，都铎王朝的开始。《权力的游戏》在第六季末尾的时候，女性主角占着多数，谁说戏说就不真实了？这些戏都是对最真实历史的致敬和唏嘘。

在经历了一系列的历史事件后，阿斯特利城堡渐渐淡出人们的视线。最近的一次被人们重新记起，是因为它成了一家酒店，因为它显赫的历史名声，以及出过三位皇后的传奇地位，当地的人经常将阿斯特利城堡选为结婚的地点。然而在 1978 年，一场大火将城堡基本燃烧殆尽，它成为废墟一片，又渐渐被人遗忘。

英国古建筑改造机构地标信托用 135 万英镑的预算将它重新修复。在众多竞标设计方案中，威瑟福特·沃森·曼建筑事务所（Witherford Watson Mann）的方案修旧如旧，最大限度地保留了阿斯特利城堡历经沧桑的历史痕迹和时间光泽。这个改造项目非常成功，获得了英国 2013 年建筑界的最高奖项——英国皇家建筑协会斯特灵大奖。

我去的那天，时而风，时而雨，还出了一阵子太阳，看到了在城堡草地上做运动的小孩，凑巧跑到城堡躲雨，却不知此处为何地。当然，也遇见了在城堡附近采集数据、收集资料的人类学家。

"你们在做什么？"我指着地上各种各样的标记和他们手里硕大的仪器问。

"收集一些数据，了解一下我们有没有错过什么。你看，在不远处有残垣断壁，这个地方之前可能也在城堡的建筑范围内。后来不知道发生了什么，整个一大片地方都不见了，也许这儿附近，瞒着什么痕迹，可以帮我们了解这千年中的其他事情。"

"哦，也许，又是一段故事呢！"

睡在时光里的秘密

·城堡酒店的改建·

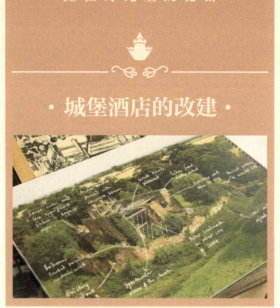

五十年前，约翰·史密斯爵士（伦敦的 MP）和他的妻子有了一个疯狂的主意：去拯救一些小型的、古老的建筑，这些建筑分量不够重，且并未列在英国国家名胜古迹信托机构（National Trust）的保护名单中。而且，他们要保护的这些建筑状况并不好，部分受损严重，也不是很受人怜爱；更疯狂的是，他们决定让人付钱来这些建筑里短期居住，作为度假屋，并用这些租金来保护和维修老建筑本身。这五十多年来，他们的计划实施得很好，二百多栋古建筑的短租费用现在已经完全可以支付这些旧建筑的整修和保护。

地标信托不仅在英国办得有声有色，还把这个模式拓展到了英国国外：英国小说家、诗人拉迪亚德·吉卜林（Rudyard Kipling）在美国佛蒙特州的老屋子；深受罗马和希腊建筑影响的意大利知名建筑师安德烈亚·帕拉第奥（Andrea Palladio）在意大利维琴察打造的屋子；济慈在罗马去世时候住的房子，等等。英国人以热爱古建筑为豪，英国国家名胜古迹信托机构拥有四百万会员，现在的地标信托对于古建筑保护的创新和贡献也是在世界上无出其右。

地标信托拓展到意大利和美国，一点儿都不奇怪，意大利有大量古建筑，和英国的古建筑不相上下，但是意大利人不是很热衷于住在老房子里，他们更喜欢那些靠近海洋和背依青山的别墅。美国人倒是很喜欢老房子，但是美国本土的老房子很少，我知道有一些美国商人到英国买下了一些老房子，并改装成酒店，比如英国购物村比斯特附近有一个牛津韦斯顿绿色庄园酒店（The Manor on The Green）就是一个美国人在打理。当人有钱了，就想买下一段历史；时间和空间，永远是富人想收买的东西，而这些老建筑，正是包含了两者。

恰恰只有英国，既有大量的古典建筑又有喜欢住古建筑的人群，难能可贵的是，他们还喜欢打理老建筑，种种花养养草，把花园打理得井井有条。我自己也是个古建筑爱好者，在英国住的这段时间，更有古典情结。现在出去旅行，提前必查历史，找一些历史比较久远的房子住，有克罗地亚的城堡，有圣托里尼的风车，有黑山共和国的老宅……

言归正传，1965 年被约翰·史密斯爵士拯救的第一所房子是建于 1850 年左右的教堂小屋，一人只要花四十英镑就可以住一晚上，比一个连锁的便捷酒店（连锁经济型酒店）还要便宜。地标信托的每一座建筑都整修得非常好，而且，房间里都会放置一些当地的介绍和旅游指南，向游人介绍这些地方的风土人情和名胜古迹，书架上也有很多书——历史、小说、诗歌，多种多样。可能会让一些人失望的是，这里没有 Wifi，也没有立体音响，连电视都没有，可是这正是它的与众不同之处，可以让人静下来，慢下来和你身边的人共同听一听教堂的钟声，或者看窗外秋叶成了堆……当然，如果你二十年后再去回访这些你曾经住过的地方，它们可能一点儿都没变，只是多了一两本书，门口的留言簿上多了几页或者几十页旅者的随想罢了。

其实我也觉得，对待一个古老建筑最好的方式就是让它变的有用，这样老建筑本身也会为自己的自食其力感到开心，遇到一个个过客，丰富自己的故事。

地标信托开放日,免费参观城堡酒店　　　　　　前来参观城堡酒店的人在休闲

人们在二楼起居室翻看城堡酒店的文献

布洛顿大厅酒店在冬天的图片,摄自史蒂芬·加内特

· 第四节 ·

如果，给你一座九百年的城堡
Broughton Hall

我们都是卖火柴的小女孩，隔着别人家的橱窗，惦记着自己的梦想。

❦ 古老酒店类型：城堡酒店，只能整租
❦ 时光：九百多年
❦ 地点：约克郡北部，英国
❦ 到达：距离约克郡首府约克一个小时二十分钟的车程

假如我有一座九百年的城堡，我能去做什么？

最开始，映入脑海的是那些美好的念想：像一位公主或王子一样住在富丽堂皇的家里，花园派对，慈善晚会，觥筹交错……

时间久的物件，如果还在使用，而不是摆在博物馆中，终归会遇到一些类似的问题。我在伦敦坐地铁的时候，最有这种感触，世界上最早投入使用的地铁，现在的状况并不是很舒适，空气差，设施旧，还经常能看到小老鼠跑来跑去。然而，伦敦地铁不过一百五十多年历史，更何况一座九百年的老城堡？

成长在庄园，并非你想的那样惬意

家族成员的照片

整个故事说来话长，长到有九百多年的历史，因为这整个村庄，连同这个酒吧，都隶属于布洛顿大厅酒店（Broughton Hall），短到只有几十年，从庄园现任继承者荣格·坦皮斯特（Roger Tempest）几十年的努力说起。荣格从小就生活在这座家族庄园里。也许，会像我们想的那样，歌舞升平，觥筹交错，各种上流社会的宴会和八卦。

"我小时候，庄园里潮湿阴冷，没有暖气，感觉快塌了一样，唯一的好处是，我觉得这城堡实在太潮湿了，即使发生火灾，也烧不掉它。"

也许就是那个时候，他感觉到，生活在庄园里不是得到了庇护，而好像是一种责任：保护并传承发展这座历经沧桑的老建筑。在二十世纪八十年代，他继承了布洛顿大厅酒店，辞去自己在伦敦著名的媒体街——舰队街的工作，专心整修自己的老庄园，主要做了两个重要的决定。

一是城堡本身的商业使用，以及城堡周边建筑的商业改造。实际上，整修这样一座历史久远的大型庄园，很多困难是很难想象的，比如，城堡里的一个大型法式吊灯，一共有 138 块组件，总共花了 3 个月才把它打扫干净，重新挂上去。

二是将城堡对外开放，承接婚宴、聚会和住宿。英国为了平衡社会等级，对于超过 32.5 万英镑的住宅，有高昂的遗产税（大约 40%）。类似于城堡这样的住宅，动辄价值上亿，如果后代想按照普通的家宅继承方式拥有城堡，就需要缴纳高昂的遗产税。当然，如果将自己的城堡开放成酒店、宴会场所或委托给信托或慈善机构管理，就可以合法避免遗产税，这是很多英国贵族在现代的选择。布洛顿大厅酒店的庄园所有者荣格为了提高活动质量，减少日常运营成本，规定只能整座庄园出租，不能单间出租，这样既能保证一定的商业利润，也不用像酒店那样每天都请人打理。

英国的房产，是包括住宅所在土地拥有权的，尤其是贵族的庄园，不仅是庄园本身，甚至还拥有周边村镇的土地管辖权，村镇里的房子也都属于庄园的主人。古时候，住在这些地方的人——农民、牧民、工匠、猎人，以及仆人和他们的家人等，基本都是为庄园主工作的。现在，居住在这里的人，虽然有了自己独立于庄园之外的生活方式，但还是相当于租赁了庄主的土地，当然，庄主也因此要尽职尽责地促进当地发展。荣格的另外一个保证庄园可持续发展的举措是，将庄园周围的农场和马房改建成现代化的办公室，出租给当地的企业，既给了五十多家企业五百多名员工完美的办公环境，也提高了庄园的人气，还有不间断的租金收益。这些企业里，就有为英国皇室和贵族制造婴儿车的公司——银十字宝贝（Silver Cross）。他的两项改造非常成功，经常有一些老建筑的主人前来咨询，于是，他设立了一家公司，名为"乡村建筑咨询公司"（Rural Solution），专门给庄园和城堡主人提供改造建议。

布洛顿大厅酒店不仅有颇具商业气息的工作园区，还有家庭和社区的浓厚氛围：开车十多分钟的地方，坐落着布洛顿大厅酒店庄园的小生意——公牛酒吧（The Bull Bar）。我抵达公牛酒吧的时候下着小雨，恰逢圣诞时节，车刚停在门口，就看到了里面红扑扑的圣诞装饰，隔着车窗和雨，拍这个亮彤彤的小酒吧，很有怀旧感。

我们都是卖火柴的小女孩，隔着别人家的橱窗，惦记着自己的梦想。

走进小酒吧，有几家人带着孩子，牵着金毛和约克夏，来和这里的圣诞老人玩耍，这里完全不同于我们印象中的酒吧，没有烟酒缭绕和混着青春荷尔蒙的嘈杂，而是充满祥和热闹。这也确实是英伦特有的老酒吧文化——它们往往有特定的名字类别，有的以皇室里的官职命名，也有用某类动物命名。酒吧不仅是休息茶饮的地方，也是社交聚会的场所，在小镇子里，人人都离不开它。

我点的餐非常简单，却很新鲜，土豆夹着鱼，加上沙拉菜。在小酒吧的网站上，可以非常清楚地看到所有食物原材料的来源，基本都源于附近的农场，很多都是由家族几代人经营，用家人的名字命名：海滨小镇惠特比的冷熏鱼、小镇自制的巧克力、罗伯特养的新鲜鳟鱼、西约克郡的蔬菜、保罗的鸡鸭鹅、史蒂芬油菜花田压榨的油、约克的蘑菇、克里斯种的草莓、查尔斯农场的猪肉……

此城堡：只整租，不零售

刚到布洛顿大厅酒店的那天，恰逢英国的洪水时节，一路上，雨下个不停，周边很多水洼，漫到了道路上。车一停在布洛顿大厅酒店的门前，我只觉得，真好，终于可以烤烤火，暖和一下，去去湿气。迎接我们的是小巧的门，和庄园的氛围不是很相称，但是转念一想：这是至今我拜访的唯一一个，只能整租，不能"零售"的庄园了。也就是说，如果想住，就得包下整座庄园。那么，私密性，确实应该是这类庄园很在乎的事情了。小小的门，和伦敦西区的门没有太大的区别。可是一打开，便瞬间像是回到了九百年前，那些繁琐讲究的年代，努力又隆重地装饰着自己的身份。

宽敞的走廊尽头是一棵大圣诞树。右手边是一个壁炉，火烧得发出热闹的声响。左手边直接通向庄园的图书馆，也是现在的会客厅，红灿灿地映入眼帘，玫瑰红色的壁纸，红色花纹的地毯，红色图案的窗帘，沙发有朱红和浅红，连最深处的那面墙上挂的人像，都是披着红色披肩的！看向那幅肖像的同时，视线不自觉地上移，便发现了镶嵌着金箔的天花板，那隆重的吊灯直垂下来，又把我们的思绪拉到了房间中央，一个桌子，不大不小，能放得下欢迎茶水和绽放得恰到好处的鲜花。我们闻着茶香走到室中心，便发现，原来自己站在放满书的房间：所有墙面前，都摆放着和墙差不多高的书架，摆满了书，整整齐齐，书背的图案和文字，形成了墙的"第二面墙纸"，包围着来客。我似乎隐隐约约听到了一句稳重有力的号令："坐下来吧，谈谈。"

刚坐下来，喝了一点儿茶，庄园的负责人就把盾牌形状的族徽和家谱铺开在我们面前。近距离地观看这近千年的延续，令人吃惊的是，原来庄园的

布洛顿大厅酒店的图书馆和会客厅

宠物也有族谱,并整理成一本书——红色书皮,摆放在书架上,很有趣。以为这个会客厅就已经是今天最为庄重的地方,可是接下来,参观庄园房间的时候,又发现别有洞天。

庄园的房间个性迥异,有小清新的英伦乡村风,绿盈盈的色调,让人不自觉地望向窗外的花园;有深沉稳重的古典哥特风,墨黑色的大床配有四根粗壮但雕琢精致的柱子,搭配着室内日本风的墨色壁橱;也有法式优雅的奶油房,房间所有的颜色都像是掺了奶油,奶油黄、奶油绿,还有奶油白的猫脚浴缸。房间的一些细节设计让我感到长了不少见识:有一间房,出门前可

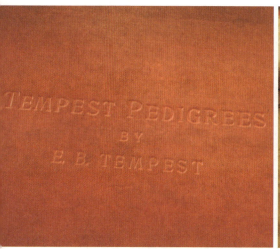
宠物狗族谱的封面

家族族徽

以注意到,房门边上,从天花板处吊下来一个小瓷器,恰好用手能触碰到,瓷器里可以盛水,为信教的人盛着圣水,出门前用水点在眉间祈福;有的房间壁炉前放着一根支柱,支柱上搭着一块布,上面镶嵌着一些军事图案,是用来为淑女挡住脸部,防止在壁炉前烤火热红了脸,引起不适;有一间房的小桌子上,放着一本小册子,上面详细记录着当年修饰这间房的所有花费。

室内的奢华和复古,并不是人们在布洛顿大厅酒店所有的体验,英国著名越野车品牌路虎,在这里设立了一个体验中心。从这里买车的车主,可以得到一张体验券,来布洛顿大厅酒店的属地,驾车体验不同的地形和地势,借此了解路虎车的驾驶功能。我坐着朋友的路虎车,在这里体验了一小段路程。恰好下着雨,驶过水洼的时候,水花四溅,窗户上雨光点点,忽然感觉有一种莫名的爽快,这种爽快,似乎和阴雨绵绵还发了洪水的初冬不那么相符。

第 3 章 / 老石古墙——千年光阴不可轻 / 145

酒店工作人员说,这是周杰伦的订婚之旅住过的房间

我想起了最爱的乡村民谣歌手普莉西雅·安（Priscilla Ahn）的一首歌《雨》（Rain），喜欢其中的歌词，讲述着下雨天，停下手中的活儿，太阳总会出来，等太阳出来之后，再继续吧。

Rain rain don't go away, the sun can come back another day

Rainy day please stay

但是，也或许，就是英国这样，阴雨连绵的天气，才会有在下雨的时候，该跑步跑步，该憧憬憧憬，既然这里阳光不常有，那就在雨雪四溅的时候，也尽情体验吧！

镀金镜子

家具细节

看图慢话

· 原来也都是过客 ·
英国国家名胜古迹信托机构

我达达的马蹄声是美丽的错误 ／ 我不是归人，是个过客……
——郑愁子《错误》

　　像许多古老的城堡酒店一样，在布洛顿大厅酒店的房间里，会客厅里，甚至走廊的墙上，都会挂着一些家族的肖像油画或者是照片。这些肖像，好像在提醒前来租赁的人，好好玩，这里的主人热情而好客，会照顾好你的。有时候，在这富丽堂皇的氛围里，听着火焰中燃烧的木碎声，感到了温暖，可望向窗外那雕琢的贵族园林，也禁不住叹一声：我也只是过客而已，这房子的过客，这历史的过客……

2014 年的一个秋天，我去英国著名山水画家约翰·康斯太勃尔（John Constable）居住的小镇徒步，路过一个门面看起来有些历史的住宅，门口有人在发活动单页。因为我的一位长辈嘱咐过我，工作的人都挺辛苦的，如果有人发传单给你，你最好接一下，用来挡太阳也好，如不需要再找一个附近的垃圾桶扔掉。我随手接过一看，才发现原来是这个老房子今天可以进去参观。和负责导览的人聊了聊，进去参观了一圈，加上随后的研究，才渐渐了解到英国国家名胜古迹信托机构的一些功能。

1930 年左右，一直持续到二十世纪四十年代末，是英国二十世纪以来最严重的经济衰落时期，也是全球经济大萧条的一部分，这源自 1929 年美国的经济危机。当时很多英国家族不能再继续负担自己的城堡、庄园、宫殿等具有历史价值的房产，再加上 40% 的巨额遗产税，也超出了家族继承人的经济能力，于是出现了变卖老屋的潮流。

为了保护这些带有广阔土地所有权以及见证了英国历史的城堡庄园等老屋，英国国家名胜古迹信托机构开始试图保护并改变这一趋势，随着 1937 年《英国信托法》的出台，这些家族可以将祖辈的有历史价值和经济价值的房产转交给英国国家名胜古迹信托机构管理，这个家族的成员接下来的两代人还可以居住在祖传的房产中，而且不用缴纳遗产税，但是两代之后，就需要根据市场价值交纳租金。但是有一些家族在两代之后搬出了祖屋，英国国家名胜古迹信托机构就会将这些老宅出租。但是为了尽社会义务，即使这些宅邸被出租出去，也要每年向公众开放几天，开放日大部分是在每年的九月，信托机构会派人或者招募志愿者前来导览并讲解这些宅邸的历史，希望这些家族的历史、老屋的故事、现在主人的趣事可以鼓励更多人去珍视英国历史，加入到古迹保护队伍中来。

岂止住客和租客是这些老宅的过客，连曾经的主人也是。不过，我们毕竟都曾占有了历史的片段，这就足够了吧。

睡在时光里的秘密

·贴在墙上的梦·

　　在看到布洛顿大厅酒店的房间的时候,真的可以体会到上层社会的文化:为了体现生活的奢华以及讲究而不遗余力,每一个角落都加以装饰。他们像是不知道简单为何物,也不屑于我们如今追求的简单即美,他们的生活哲学是:将所有的游历、财富、热情、爱好,都收罗在家宅之中,留给我们这些酒店住客们激动到无法安眠的夜,而他们,是不是会高瞻远瞩地庆幸,自己曾经高枕无忧地生活在这里?

　　比如说,这些墙纸,我往往认为这就是庄园主人贴在墙上的梦。不像其他的梦,贴在墙上的梦是不会随便消失的,它和清晨的阳光、窗外的鸟鸣一起等待着你睁开眼睛,开始新的一天。庄园的房间太多,每一个房间都可以有不同的墙纸。他们住在乡下的庄园,可以贴上有鸟儿和绿枝模样的乡村风墙纸。若是他们想体验一下东方的神秘氛

洗手间的装饰

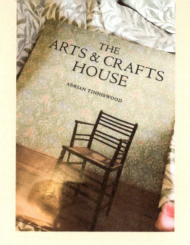

书－艺术和工匠运动

围呢？是的，这里也有日本仙鹤图样和中国风园林模样的墙纸，更别提地中海风情的蓝色海洋和灿烂鲜花了。

除了布洛顿大厅酒店，还有一个老酒店的墙纸也吸引了我的注意——斯坦福德郡牧场小屋（High Meadows House Staffordshire）。为了养病，我在这里居住了一个多星期。老酒店的主人茱莉娅也很带娱乐感地让我住了四间屋子。除了差不多每天都有不同的房间睡可以调节心情以外，墙纸的变换也让我很兴奋，因为这里所有的墙纸全都由威廉·莫里斯（Wiliam Morris）设计。他是英国著名的诗人、社会活动家、图案设计师，他在当代以设计了六百多种风格独特的墙纸而被大众熟知，他还是英国十九世纪"艺术和工匠运动"（Arts & Crafts Movement）的独特艺术家。我个人很喜欢威廉的墙纸设计，很有英格兰乡村家居风情，其灵感大多源于自然，包括花朵、树藤、叶子、水果等。1864年，他创作的第一种墙纸设计图案格架，就启发于他自家后院（位于英格兰肯特）的玫瑰花。而且威廉倡导用天然材料染色，在设计和制作中非常强调统一性：在设计之前，先学习制作技巧，把这些因素都考虑进设计中，能让设计更好地实现。

很有趣的是，在查询威廉·莫里斯的墙纸图案资料的时候，我联想到了《我和莎莫的500天》这部电影里的男主人公。也不知道是为什么，或许是因为他们都选了很小众的设计——一个设计卡片，一个设计墙纸？或许是因为他们的作品里有太多夏天的痕迹？还是说，当我把自己裹在这乡村图案的房间时，我忽然想起了电影里的那句："我爱我们（I love us）"？

第4章

市井烟花
——一枕眠

· 第一节 ·

一眨眼，遇见他

40 Winks

"When you make a reservation at a hotel, you need to know what you get from your money, which is why every hotel is rated by stars."

"你花在酒店的钱，都买到了些什么？问得好！这也是酒店有星级的原因。"

——几米漫画《森林里的秘密》

- 古老酒店类型：老屋酒店，能否预订成功要看酒店主人的心情
- 时光：三百年
- 地点：伦敦，英国
- 到达：距离史蒂芬妮园地铁站几分钟步行距离

一枕黄粱的卡特先生

在 40 Winks，你能想到，用四五星级酒店的价钱订的一晚住宿，给你带来的是什么吗？我是没有想到的。

这里，是我去过的最小的一家酒店，也没有什么星级，因为就房间数来说，是肯定不达标的——它只有两间客房。这家酒店位于伦敦北区一条再普通不过的路边，一不小心就会错过。可是当你终于找到了这个门牌号，站在这老房子面前时，又禁不住问自己，怎么会在这么普通的路上，错过这样一间庄重的老屋呢？敞开式的栏杆中，十几阶台阶通向黑色的门，看上去又高又坚硬，两边是带着褐色的红砖，窗子是再熟悉不过的，上下拉动的那种，有英伦老屋独有的特征。

酒店名的英文为"40 winks"，是个英语俚语，实际的意思是打个小盹儿，

卡特先生收藏的镜子

卡特先生收藏的一个吻，"封印"在瓶子里

堆满世界各地藏品的客厅

一眨眼的工夫。引自十九世纪威廉·基奇纳(William Kitchiner)的一句话:40winks式的打盹,躺着的,是一切超凡发挥的准备。这像极了中文里的"一枕黄粱"。不过,并不是每个人都能有这个机会享受黄粱美梦,因为这里不像普通的酒店,点击一下预订的按钮,只要有房就可以住。在这里,想入住还需要发邮件给酒店主人大卫·卡特,获得他的同意才可以预订。有很多客人是按照这个老屋的可住时间来安排自己的行程。大卫的接受标准不定:有时候取决于他对你好奇或者你的态度很诚恳;有时候是因为你来自一个遥远的国度;有时候是因为你的职业很有趣;有时候是因为你漂亮得不可方物……

这些都可以成为你能幸运地预订房间的理由。

在他的老屋酒店中，可以看到很多堆砌：帽子和头饰——法官的假发，几个世纪前的军官帽，贵族骑士的帽子；镜子，各种镜子——白色珊瑚镶边镜，像古希腊金字塔颜色镶边镜，黑色檀木雕刻镶边镜；跨文化的元素——中国的屏风和中国古代皇室朝服，摩洛哥风格的异族灯饰，法式精致的化妆台……这么多东西放在一个房子里，看起来却毫不混乱，特色鲜明，这和酒店主人的品位以及职业是分不开的。大卫·卡特（David Carter）是一位室内设计师，在伦敦和世界上小有名气。他的设计奇异又绚彩，和他个人的生活态度一样：如果你有梦想，就去实现，当然了，也不用成为一个工作狂；我喜欢这样的想法，就是很随意地去拥抱你热爱的生活，去过一种不那么平常的日子，就行啦。

虽然这间屋子，可能永远不会出现在猫途鹰（Tripadvisor）的酒店奢侈排行榜上，但是如果评选最用心的评论，这里，应该算得上数一数二了，很多评论都受大卫·卡特的影响，说起话来，像是在讲一个故事。我简单翻译了几句住客们的评价：

"有幸在这里住过的人，不会毫无改变地离开这里……"

"东伦敦，一枕黄粱般的梦。法国诗人波德莱尔说过，自个儿不知道在哪儿的时候，旅行的意义才真正开始。在40 Winks，大卫为你打开老屋的门，旅行就这样开始了……现在已经过去一周了，我还是忘不了，忘不了那晚读过的，放在床头的书，忘不了那天早上的果酱，还有和大卫的对话……"

"40 Winks，是伦敦的明信片。这里只有一处不那么尽如人意：如果你来伦敦是为了观光旅行,那么一旦来到这里,可能就会让你主动放弃那些风景名胜,转而在这个老屋子里待特别长的时间,欣赏这里独特的陈设,和酒店主人东拉西扯,谈艺术、历史、设计、宗教、美学,等等。大卫·卡特就是这么有趣的人,他能说,说很多故事;能穿,穿的像是狄更斯小说里的人物;他能布置,布置的墙纸、灯具、瓷器,都极尽繁华……"

双人间客房

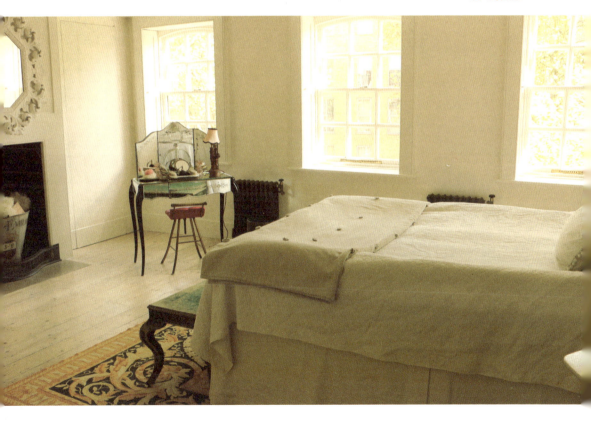

梦幻的天花板

梦想？不要问，问了会烫嘴

刚到这儿的时候，我有点儿吃惊，尽管酒店主人提前告诉过我，这和一般的酒店不一样。可还是没有预料到，因为这里有一个最基本的"设备"——这个屋的主人大卫·卡特。而且，这个主人不是那么喜欢别人把他的房子称为酒店，可他却很喜欢那些杂志这样说：这是世界上最精品的酒店。当看到他穿着黑色哥特风裙装，戴着黑色礼帽，出来迎接我的时候，我赶紧说"你好大卫"，以防脱口而出"这是在搞什么"。然后，我想，这位精品人物和这个酒店之间，一定还有一个世界。

"当那扇门关上的时候，我希望，你们可以和外界说再见，就一晚！"

他说，很多人在这里住过之后，都非常感激他。有人说："有幸在这里住过的人，不会毫无改变地离开这里……"我第一次在酒店网站上看到这句话的时候，心里想的是：这些是没见过世面的人吗？第二次听大卫自己提到这个评论，我又想：自恋的人！

事实上，我非常喜欢他的一点是，他确实能很快看到人的不同特质。我们邮件来往后，第一次见我，他就说："你是一个喜欢用情感而不是用智商的人。你的生活中,需要找到能释放你情感的东西,不要让智力过多地占有你,释放你最本性的东西,你才会有突破。你听说过很多故事,现在,你需要一个平台,去讲述这些事情。"然后,他倒了一杯热水给我,问:"你的梦想是什么?"

后来想想,幸亏要了杯热水,如果是杯凉水,我肯定会一大口吞下去,然后被他的这个问题华丽丽地呛到。这时候,我也只能故作镇定地抿了抿被热水烫到的嘴唇。

我知道这是一个最简单不过的问题,但被问到时,还是很诧异。到现在为止,我有过两次这种尴尬的时刻。我是一个自以为有梦想的人,可是想象一下,像我这样的人被问到这类问题,本应该非常开心、滔滔不绝才对。可惜,

我住的卧室

两次都不是。第一次，我回答得很草率。那时候在广州，我的一个同事邀请我和她的客户一起吃饭，当时觉得，那客户也算是事业有成，他问我俩初入职场的菜鸟一个问题：你们的三至五年的目标是什么？

呵呵，多么高频率的一个问题。其实我当时是没有规划的，找工作时只会搜索"双语记者"，去了第一家给我录用通知书的杂志社，做自己一直愿意做的事情，去见不同的人，写写文章，在城市里闲逛，根本没有想未来。当时，遇到梦想的问题，只是说了自己的一个小愿望：我希望自己 26 岁的时候，能够从欧洲学成归来。在那之前，我没想过出国，天晓得我怎么这么有预见性，临时编了一个规划，然后真的把它实现了。早知道会实现，这梦，应该编得再大一些，再美好一些。我的同事则比较诚实，她说她还没有规划。当时，是 2011 年。

这次我没有草率了事，而是滔滔不绝，基本把自己当时的念想统统说了一遍，然后说出了自己的一个关于艺术的梦想——这可能是我第一次和别人说这个吧，决定没有做之前，说了也是白说。

如今，地点由广州变成了伦敦。大卫听完，反问了一个问题，我当时觉得他站着说话不腰疼，几秒之后，觉得他说的太有道理。"你为什么不去实现这个梦想呢？"

他拿出很多小工艺品给我看，说，这是很多客人的梦想，他们把梦想做出来了，随手拿，有的放在厨房桌子上，有的放在窗台的石头缝里，还有的在他的水果盒子里。我笑，这个室内设计师，真的是相信随意才是真，很多他觉得珍贵的小礼物都是被这样收藏的，我想起《开卷 8 分钟》推荐的一本书——《乱好》。

过了一会儿，我说了一句他好像不喜欢听的话，于是，他终于停止问我

客房的一个角落

问题了,开始自我释放,自我解释,希望我能明白他和他这个酒店的独特存在:他不是一个酒店人,这个老屋也不是普通的酒店。他更希望这是一个分享的平台,客人在这里体验到的奢侈不是豪华的建筑和星级的美食,而是他的个性装饰和他本人的真知洞见,他的时尚活动,他的了不起的客人:模特、音乐家、作家、演员、才子或者是佳人……

  他说得陶醉的时候,细长而苍白的手在暗色调的厨房里格外出彩,我以为我暂时忘记了他的奇装异服,所以,我也发了一会儿呆,我在想,在想他放在酒店双人卧室里的一本书:《为什么好好穿衣服对一个男人如此重要》(Why well-dress is so important to a man)……

· 第二节 ·

伦敦眼的烟花后，其实藏着家酒店
Marriott County Hall

"在所有的季节中，冬季是最古老的季节，它把岁月放入回忆。"
——《空间的诗学》

- 古老酒店类型：伦敦市政厅改造的酒店
- 时光：一百年
- 地点：伦敦泰晤士河畔，英国
- 到达：伦敦眼下方

酒店有时候只存在于某个季节，就像伦敦市政厅万豪酒店，它存在于深冬的回忆里。

2014年元旦，我去看过伦敦跨年夜的烟花，去过的人，都会记得伦敦眼下五个小时拥挤的等待，十分钟的绚彩下数不尽的笑容，还有烟花结束之后，来自世界各地的人们庆祝新年时，那疯癫畅快的状态：从河岸看烟花的地点，走到最近的滑铁卢地铁站，只需要五分钟的时间。但是那一晚，那一站是只能出不能进的，那么，步行到最近的地铁站，在那样的夜晚，则需要一个小时左右。在这一个小时时间里，跟陌生人搭讪再正常不过，醉酒的人拥抱着畅怀胡侃，有人骂骂咧咧地想打架，有情侣手牵着手慢悠悠地走，还有街头艺人谈着吉他唱着歌，路人跟着尽情地跳，如果不小心踢了一个饮料瓶，马上就会有人接力赛般地再往远处接着踢。警察们既想在这样的夜晚放松，又得警惕地巡逻，志愿者们不停重复着类似的回答：最近的地铁站往这儿走，找洗手间的往那儿去。有时候也会不耐烦地说一句：先生，我只能听懂英语，其他语言去那儿问……

南岸，伦敦的南岸，早就习惯了这些热闹非凡，只是在烟花过后的夜晚，多了些尽情与放肆。

烟花过后，我看了一眼伦敦眼身后的那座端庄的乔治风格建筑。那里，是原来的伦敦市政厅，现在的伦敦市政厅万豪酒店，也是最绝佳的赏烟花的地点。虽然这里的标间很小，但因为优越的地理位置，预订跨年夜的房间，需要提前半年甚至一年才行。

当烟花燃尽，我真的很好奇，酒店客人的目光会停在哪里？是哪一段古木，哪一幅名画，还是仅仅是窗前的一朵半开玫瑰，心里默默地轻轻吟唱：伦敦，伦敦，这里是南岸的伦敦呐？这种地段，太多的光彩照耀，太多的人群熙攘，太多的波光粼粼，坐拥这样一个地带的过客，掀开屋里的窗帘一角，哪怕一会儿，也温柔了时光，值得庆幸很久。

其实，这是我在英国去过的第一家由老建筑改建的酒店。在这之前，我没有料到自己会对这类老酒店着迷。但当我路过伦敦眼，看到这栋市政厅的老建筑，穿过它长长的拱门下的人行道，酒店门口的礼宾司老先生打开门，我瞥见里面褐色的木质色调时，这段缘分开始了。

伦敦市政厅的地理位置非常重要，它位于泰晤士河畔，与世界著名的西敏寺大教堂只有一桥之隔，在这里的建筑设计，必须非常典雅和主流。伦敦市政厅的建筑师阿斯顿·韦伯（Aston Webb），二十世纪初，也差不多是一百年前，他的设计从 152 份方案中脱颖而出，在此之前，他曾经设计了白金汉宫的东侧以及伦敦最著名的现代艺术博物馆 V&A 的主画廊。市政厅建成后，在 1922 年，由乔治五世，现在英国女王的父亲为其揭幕。之后，这栋建筑，曾在第二次世界大战后被轰炸，也因为撒切尔夫人在 1986 年废除大伦敦议会（Greater London Council）而被写进重要的历史史册中（当时的大伦敦议会就在这栋建筑里办公）。

我没有住过这家酒店，但是一位在酒店工作的朋友带我参观了整栋建筑，讲述了一些历史。之后，在 2014 年的冬天，我坐在它的图书馆小宴会厅，和一位老朋友喝了一次英伦下午茶。这里原本是议员们的图书室，现在却是品味下午茶的理想地点。隔岸眺望议会大厦和大本钟，吃着司康饼，看着牛奶的温醇色泽倾入红茶厚重的底色，被橡木定制的书架环绕，上面摆放着各类文学类、哲学类、政治类的书。时至冬季，气氛温馨祥和，人们等待圣诞节的到来。这个时节，往往会加深人的记忆，我记得在《空间的诗学》中读过一句话："在所有的季节中，冬季是最古老的季节，它把岁月放入回忆。"我也确实记住了这一天：图书馆里厚重的落地大窗帘，阻隔了河岸上的冷气，屋子一侧的壁炉已经燃起了炉火，火苗燃烧着木块发出声音，而我这时候其实幻想的是俄罗斯的冬天或者是加拿大的冬天，这样在这个图书馆，这次下午茶，或许会显得更加温暖和可爱。然而这里的冬天阴冷，很少有雪，但是，酒店的图书馆距离伦敦大本钟只有十米远，可以偶尔听到钟声，像历史轻轻滴落，我也什么都不介意了……

· 第三节 ·

"维多利亚之石"
St. Pancras Renaissance London Hotel

酒店题材的经典电影《布达佩斯大饭店》,在开头有这样一句话:"有一件事,经常会被人误会,一位作家有无穷的想象力,很多很多,用不完,文思如泉涌。但是,事实却恰恰相反,一旦人们知道你是一个作家,他们就会带着人物和故事来找你,只要你能以作家的敏感和犀利去仔细听,仔细观察,这些故事就会一直寻找你,你会一直把故事讲下去。"

* 古老酒店类型:哥特风格酒店
* 时光:近一百五十年
* 地点:国王十字火车站内,英国
* 到达:地铁、火车、"欧洲之星",都可直达

古老的酒店也是一样，人们会带着故事和好奇走向这些老建筑，让它一直成为故事的发生地，旅客的休息所。只不过，以前路过伦敦圣潘克拉斯万丽酒店（St. Pancras Renaissance London Hotel）的，是马车、蒸汽火车，现在，是汽车、地铁、火车、"欧洲之星"。

　　当人们提起英国的这个地方，首先会想到的是国王十字火车站以及《哈利波特》的著名站台，但是，其实今天要说的伦敦圣潘克拉斯万丽酒店就位于国王十字火车站旁边的圣潘克拉斯火车站中。很多人在路过火车站时，会看到一座硕大的维多利亚哥特风的红色建筑，还带着一个大钟楼。其实这是一个酒店，一个非常壮观、走在其中都会迷路的大酒店。

　　说来也算缘浅，我对这家酒店一直抱有期待，可是相比于其他酒店来说，和这里的交集却是最浅的。第一次注意到这里，是看了英国一档非常著名的火车旅行记录片《乘着火车游英国》（Great British Railway Journey）。当时很惊讶，原来这个火车站旁壮观的哥特建筑，是一家酒店；第二次和这里有交集，是在这里转火车，逗留了一会儿，就溜达进去，但是因为是深夜，我又没有订房，在迷路的过程中，很尴尬地被保安请了出来；第三次是受一位在万豪酒店工作的朋友邀请，去它的姊妹酒店喝下午茶，顺便也带我参观了一圈这家酒店，不过当时，朋友也迷路了，我们还为此笑了好一会儿；第四次，是这家酒店有个媒体招待会，但是日期却恰好和我回国的日期撞在一起，于是我只能请一位英国旅行作家代我前去参加。

　　即使这么缘浅，我也迫不及待地想把它呈现出来，但却总是有种不是很

订票处的历史图片

　　顺手的感觉，就像是对一个人一见钟情，可对方却不感冒，所以只能不了了之，无缘再见，因为了解到的信息都是查来的听来的，没有时间自己慢慢去感受。所以就如同像旁人讲述一样，显得那么"深情而客观"。

　　她的历史可以在一连串的数字中得到体现：1865 年，米兰德铁路公司召

原先的火车站订票处，非常宽敞，因为以前要容许马车进入

酒店的楼梯

开规模空前的酒店设计竞赛。1866年,众多的建筑英才齐聚一起,乔治·吉尔伯·史考特赢得了这一殊荣。1868到1876年间,酒店建成,十年磨一剑。1922年,米兰德铁路公司和其他铁路公司合并,她便成了共有财产。1935年酒店被迫关闭,其中的原因种种。1996年,圣潘克拉斯车站重获新生,她也重新修建,花费1.5亿英镑。2011年5月5日,她重新开业,此时距米兰德铁路公司首次开建此酒店,已经138年。

即使再精确的数字也无法计量酒店本身的历史价值。其建筑特色受到建筑史的圣经《威尼斯之石》(英国艺术史学家约翰·拉斯金著)的启发,向意大利式哥特建筑致敬,保留了很多独特的原有建筑特色,包括哥特复兴风格的金属工艺品以及金箔天花板,这种跨越国界的结合穿越空间,最忠实地致敬了维多利亚时代。

她的现代,又有着一次又一次创意与进步:她拥有欧洲最早的酒店自给

礼宾司的人在等待乘坐"欧洲之星"前来的酒店客人　　　　套房,上下三层

供热系统；欧洲最早的女士吸烟室。她庄重的楼梯设计更是风格独特：在《哈利·波特与密室》以及《哈利·波特与死亡圣器》中数次出现；她的大堂敞亮大气，因为人们经常乘着马车来到这里，需要足够两匹马驰骋的空间；走廊也是异常宽阔，宽度足够两位身着维多利亚时代蓬松长裙的女士并肩而行时，不会因互相碰撞而产生尴尬。而且，这家典雅的酒店位于伦敦圣潘克拉斯火车站内，是最早一家和"欧洲之星"合作，可以直接从"欧洲之星"接送贵宾的酒店；在1868年首次开放的火车订票厅（Booking Office），现在已经被改造成一个保留着原有特色的酒吧，提供各类传统的生啤和果酒，如今哪怕是仅仅坐下来聊聊天也好，看着曾经熙熙攘攘车马不断的地方，变成了一个休闲、不紧不慢的地方。

希望，再有一次缘分，能和这里，有多点儿交集。

酒店全景

睡在时光里的秘密

·下午茶，有英国人的那点儿矫情·

每个国家都有我喜爱的饮品：法国的红酒，浪漫的氛围；德国的啤酒，狂欢的气氛；俄罗斯的伏特加，不醉几个轮回对不起那延绵的寒冬；英国，当然是下午茶。英国人有谚语：当钟敲响四下时，世上的一切，为茶而停。

单独拿酒店来说，在英国，有三个地方的下午茶非常有特色：万豪市政厅酒店（Marriott County Hall）的图书馆下午茶；伦敦丽思酒店（The Ritz London）的棕榈阁（Palm Court）下午茶；伦敦伯克利酒店（Berkeley Hotel London）的时尚秀（Prêt-à-Portea）下午茶。

万豪市政厅酒店的那份茶点，面朝泰晤士河，眺望伦敦眼，我已在上文提到过，自不必多说，在我的心里，它是属于冬天的。而丽思棕榈阁的下午茶，太过于知名，可是少有人能说出为什么这里的下午茶如此有名。当然，奶油色安静典雅，其旁的演奏，午间是钢琴单纯的音色，傍晚会换成竖琴古典的格调……这些表象足以引人入胜。

其实在 1903 年，棕榈阁刚营业的时候，就打破历史局限，创造了当时的一项奇迹：年轻的淑女可以在没有男伴的陪同下在此地进行社交活动，这在英国开了先河。关于淑女必须有陪伴进行活动的文学描述，最流行时期可以追溯到简·奥斯汀的《傲慢与偏见》。后来，伦敦丽思酒店打破了这项禁忌，浪漫小说家芭芭拉·卡特兰（Barbara Cartland）曾为此评论道："在这里，淑女们可以和绅士相谈甚欢，而且没有长者的监控，所以，可以和自己喜欢的绅士吃顿午餐，再和其他男人喝点儿茶……"在我的心里，丽思下午茶是属于春天和秋天的，有一种新气象的骄傲和收获自由的欢快。

至于伦敦伯克利酒店的下午茶，如果不是在英国久居，估计难以知道这个地方，它位于伦敦西区的骑士桥附近，靠近知名的哈罗德奢侈百货，也离我最喜欢的现代艺术博物馆 V&A 很近。受这些时尚和文化气息的影响，伯克利酒店发展了自己非常独特的时尚文化下午茶。2015 年春天，英国时尚鬼才亚历山大·麦昆的世纪之展在 V&A 举行，伯克利酒店和主办方合作，推出了亚历山大·麦昆下午茶，茶点设计取材于麦昆的一些知名设计，比如蝴蝶帽子和被称为"时尚史上最变态"的恨天高鞋子。当时这个展览一票难求，全球的时尚达人都以求得一票并享用过伯克利的同名下午茶而知足。而伯克利的时尚下午茶，热情绚彩，适合美丽的盛夏。

说起伦敦的下午茶，我曾经遇到一个趣事。在伦敦的上流住宅区（Mayfair），有一次品茶聚会，当时我刚刚结识伦敦查宁阁中文图书馆的馆长弃予女士，她带我参加了这次聚会，那里既有品茶又有关于星座的探讨，很有趣。就在品茶结束的时候，我突然想起一个问题，只是想验证一下，就随口问了问，没想到，就此引起了一段颇显尴尬的对话。

"我听一位朋友说，在英国喝茶是可以看得出社会等级的，比如，良好社会阶层的人，都是先倒茶，之后加入牛奶，而其他人，做法往往相反，是这样的吗？为什么呢？"

当时的我，也没有注意到周围的眼神饶有兴趣地看向我，我只顾着聚精会神地听那位介绍品茶的英国人冷静而简短地回复我："这个可能和茶叶有关，有一些茶不能直接倒入热水，所以需要用牛奶先保护一下，至于您问的那种情况，我没有办法回答，谢谢您的提问。"

就这样，对星座命理感兴趣的人渐渐地凑到一起，讨论起来。我注意到左手边的一位女士在看向我的方向，我朝她笑了笑，却被她的穿着打扮吸引住了——月白色的连衣裙，叠领中袖而且收腰，非常端庄得体，还搭配了头顶的芙蓉色小礼帽，看起来有五十岁上下了，这一身打扮却显得她的气色非常好。我很喜欢英国中年人和老年人的打扮，他们身上是有我们印象中的英伦味的，而英国年轻人，基本被流行服饰占据，虽然简单美、有朝气，但是总觉得差点儿英伦那份骄傲的讲究，而这种讲究在中年和老年人的身上，意蕴犹存。

我意识到自己走神了，很抱歉地回过神来喝茶，她却笑了笑走了过来，俯身凑到我耳边，轻轻说："你刚才问的问题，我可以回答你。你说的有道理，这些生活细节是最容易察觉一个人的出身和修养的，我们确实这样认为。不过，在英国，我们不喜欢在公共场合这么直白地讨论社会等级。"

她说完，还拍了拍我地肩膀，留我在那里恍然大悟：啊哈，我居然这么张扬地以下午茶的名义，问了一个这么明显的社会等级问题，自己却还浑然不觉……

· 第四节 ·

城市歌唱：披头士乐队酒店
A Hard Day's Night Hotel

There are places I remember / Some have gone and some remain / All these places have their moments

有一些难忘的地方 / 消逝的消逝，留存的留存 / 每一个地方 / 都有应该被铭记的时刻

——披头士乐队《在我的生命中》（in my life）

- 古老酒店类型：官方唯一的披头士乐队主题酒店
- 时光：近一百五十年
- 地点：利物浦，英国
- 到达：从利物浦火车站大约十五分钟车程

"我拿了利物浦和恺撒里兹酒店管理学院的录取通知书，不过我还是选了利物浦。有利物浦球队，还有海。"一位青岛的同学说。那是2011年我准备出国留学的时候。

"我不喜欢利物浦，风特别大，站在利物浦大教堂边，感觉能被吹跑了。"在利物浦已经读了一个学位的北京好友说。那是2012年的秋季。

"我来帮你们照一张相片吧！"在利物浦的阿尔伯特码头边，一位六十岁上下的人停下来，乐呵呵地朝我们说。

"哦，好的，谢谢你。"原来这里的人对游客这么友善啊！我把一部单反相机递给了他。

"哈哈，这里中国人可多了，你们好好玩。"他拿着相机，手颤颤巍巍的，很开心地边按相机，边和我们聊天，"很高兴看见你们啊，哈哈。"老先生把相机还给我们，边挥手边往前走着。

"我刚才没有自拍吧？""没有。""我刚才也没东张西望啊。""那他为什么想给我们照相？""好玩吧。"

我和同伴好奇地检查了一下我们在利物浦的第一张合影。结果发现，这位大爷可能没有用习惯相机，居然没有拍摄成功。那是2013年3月。

我完成了最喜欢的选修课，写的一篇小论文，是关于城市旧工厂的改造项目，其中有涉及利物浦阿尔伯特码头的改造。那是2013年临近毕业的时候。

利物浦披头士酒店外景

利物浦·"一夜狂欢"

最开始认识利物浦,完全和音乐无关,和鼎鼎有名的披头士乐队无关。这个城市,就在我生活的地方附近,连过夜的经历都没有,当然也和那个酒店无关。但是,你有没有过这样的经历?你路过一个地方无数次,毫无感觉。忽然有一次,在那个地方,一个酒吧的偶遇,一个咖啡馆的温暖,一个转角的交谈,就让这个路过,变成了一份喜爱,甚至是眷恋……

在利物浦的市中心,在披头士曾经演出过的洞窟酒吧(Cavern Club)的转角处,有一座有几百年历史的建筑。在 2008 年,利物浦获得欧洲文化之都的那一年,这座老建筑作为一家酒店开业了,忽然有了一个新生命,承载着世界上唯一受认可的披头士主题酒店,名为"一夜狂欢酒店"(A Hard Day's Night Hotel)。

我一直喜欢很有地方特色的酒店,大部分都是和当地历史风土密切相关

披头士乐队主题的房间

的城堡或者庄园，位于乡村甚至是比乡村更偏远的小岛上。正是因为偏远，历史和风貌反而更容易被保存，而城市里，为了现代化的便利，往往保存较少。但是，利物浦不同，提起利物浦，人们对它的印象是纯粹而单一的，喜欢音乐的人只会想起它是披头士的故乡，喜欢足球的人会想起利物浦球队，除此之外，似乎就没有其他理由去拜访它了。这种单一的印象，反而会产生一种纯粹的热爱，不多元也不要紧。

就像当年，新加坡的"有阳光就够了"，利物浦也是，有披头士的狂欢和足球的狂热，还不够吗？

如果你很幸运，在1964年时还是个年轻人，无论如何也不会忘记那个夏天吧，在影院里，听着吉他厚重的和弦，突然看到，黑白的色调，一条伦敦的街道里，跑出来四个年轻人，保罗（Paul McCartney）、乔治（George Harrison）、林戈（Ringo Starr），以及约翰（John Lennon），粉丝紧追其后，追赶着属于那个年代的狂热。这段黑白定格在那个年代，伴随着经久不衰的歌声，成了我们现在津津乐道的传奇。披头士忙碌的黑白颠倒的日子，对清闲和家庭的渴望，毫无保留地写进了那首《一夜狂欢》（*A Hard Day's Night*）里："辛苦了一天的夜晚，像狗一样忙碌了一整天，但是当我回到家中，看到你做的一切，我就感觉很好了……""一夜狂欢"酒店的名字，就是取自这首歌和对这种渴望的尊重。酒店所在的建筑本身就有百年多的历史，在成为主题酒店之后，其原貌也得到了很好的保存。为了满足更高端客户的需求，经营者在老建筑顶部加建了套房，以乐队成员的名字命名，最著名的便是约翰·列侬套房。远远望去，套房外侧呈灰色，和建筑本身古典的褐色对比明显，却不突兀，为酒店本身增加了几分趣味，让人忍不住想一探究竟。

时光网上，有人这样评价《一夜狂欢》："我们爱的不仅是约翰，不仅是保罗，更是那个年代，那个年代的披头士歌儿好听，那个年代的球队踢得好，时间渐行渐远，余音仍然绕梁。" 如果说，建筑是凝固的音乐，那么这个为纪念披头士而开业的一夜狂欢酒店，这个酒店的建筑，这个几百年的建筑，这个已经列入英国二级建筑保护名单的建筑，在2008年，是不是又凝固了一次？而且只为这一个乐队，那四个人的音乐？

一小袋龙井茶，一个包装精美的香薰蜡烛，还有一袋"出前一丁"速食面，用来欢迎中国人……我对房间的印象，也就这么多了。虽然酒店的目的是让客人宾至如归，睡一晚好觉，但是很多人来这里，估计不限于睡觉那么简单。墙上有关披头士的历史照片、艺术画作太多了，足够你耐心看很久。还有很多人，对披头士的热爱已经到了吹毛求疵的程度，来了这里，就是为了挑刺的，会专门写信或者直接和酒店工作人员反映一些细节的失误——当然，不是酒店设计，而是对披头士历史资料的反映。听工作人员说，他们酒店墙上的一些历史陈述，是在入住客人反映之后，再去请专家确认过之后才不断修改形成的。酒店有一面墙上，贴着来自世界各地的名人和酒店的合影，毫无意外，他们都是披头士迷。

披头士的曲子里有许多情歌，乐队里也有情痴。我在酒店的那一晚，酒店宴会部的人员都在忙着布置一场婚礼。第二天举办时，我去看了一眼，每张宴席桌子上都有一个用来标志桌子号码的号码牌，而这些号码牌，都是乐队老唱片的样子——同心圆。

同心圆，团团圆圆，同心同德……

酒店的功能越来越多元，但我已经对当地历史相关的主题婚礼不那么好奇，去瞅了一下宴会布置，就决定再一次探索利物浦这座城市了。我向酒店工作人员咨询的时候，他们根据中国人购买力强大的印象，毫不犹豫地先为我推荐了非常受欢迎的"切斯特奥特莱斯"（Cheshire Oaks Designer Outlet），沿着入海口南下，开车大约半小时就可以到达。这是一个聚集了很多奢侈和轻奢品牌的打折村，也是英国北部规模较大、很受当地人欢迎的购物胜地。但是我只想在利物浦闲逛，按着他们再次推荐的路线，沿着约翰北街（North John Street）走到约翰南街（South John Street），大约两分钟，就可以到达利物浦最著名的"一号百货街"（Liverpool One），很多人都聚集在它前面的小广场上休闲。从这里，也可以很快步行到著名的阿尔伯特码头，它是个由旧港口改建的创意文化产业园区。

改造·烈酒浸透梅子的颜色

"你尝尝这款酒,很好喝。"我接过朋友递过的酒,百加得朗姆酒(BACARDI RUM),陈酿烈酒。里面泡着干梅子,酒体呈现红砖和铁锈一般的红褐色。终于发现了一种颜色,可以形容这"一夜狂欢"后的利物浦。

一夜狂欢酒店,不是利物浦唯一一个和城市文化融为一体的改建项目。在它之前,不远处的阿尔伯特码头已经吸引了很多游客和当地居民去那里休闲娱乐了。利物浦在城市改建修整方面,下了很大的功夫,能被评为2008年的"欧洲文化之都"(Europe Cultural Capital),也就不足为奇了。这个码头在1846年开放的时候,是为帆船而建。码头的仓库使用砖头和钢铁,打破了之前以木头建造码头仓库的局限,不再容易起火。而这些材料都接近红砖色,十九世纪后期一直到二十世纪初期,红砖色的建筑在英国的几大工业城市开始流行了起来,工业革命后的英国,像是浸透了烈酒的甘梅,味道是,颜色也是。

当时,南方的老房子很多是石头经历风吹日晒后的黄褐色,而北方的很多工业城市,渐渐换成了红砖色,当泛旧黄遇到了烈酒红,当南方的乡村农庄遇到了北方的工业厂房,那是英国一段对比鲜明的日子。如果你也看过英国小说改编的《北方与南方》,或许会更明白这种感觉。

港口边的这片红色,成了那段时间这个北方重镇特有的映像,只可惜,到了1900年,帆船已经只占停靠船只的7%,这个码头已无法承载大型的船只,仓库也失去了原有的功能。在到了二十世纪七十年代,仓库正式关闭,而改造项目在1983年才开始动工,这些原本存放着茶叶、牛奶、烟草、丝绸、棉花的仓库，之后日渐成了酒店、酒吧、餐厅、博物馆、办公室，以及披头士纪念展览馆。阿尔伯特码头则成为一个可以吃喝玩乐睡的文化创意产业园区。在一个小码头上聚集了众多的英国一级保护建筑，而且功能多样，人气很旺，这个园区也因此赢得了许多奖项。这里既能吸引当地人娱乐休闲，又能满足游客的观光体验。同时，游客还可以坐着小游轮体验沿海城市的活力。

在码头上的一家博物馆里，我第一次了解到，原来，在十九世纪，利物浦码头上曾经雇用了很多来自中国上海的海员，他们在这里辛苦工作，得到的报酬却是正常月薪的三分之一。他们在这里和英国女人结婚生子，有了自己的生活。第二次世界大战结束后，却因为英国内政部的一纸公文，在一个普通的日子，集体被运送回中国，甚至没有来得及和妻子孩子说一声再见，留下了很多不知发生了什么事情的英国妻子和有着一半中国血统的孩子。这段历史在曝光之后，成了英国种族历史上的丑闻和耻辱，妻离子散，这是无法弥补的历史过失。是啊，这里确实是有很多中国人啊，就像那位想给我和朋友照相的老伯说的那样。以前是，现在也是，你会爱上这座城市吗？

这些用铸铁、红砖和石头打造的仓库，在有些海盐味的码头边，矗立起一种别样的风味。想着博物馆里的复杂历史，披头士展览馆里的狂热流行，还有小船上呼啸的风，我感觉到了一种混着干梅的烈酒味，酸酸甜甜，还带着特有的红褐色，像是红砖被风吹日晒印上了时光，像是铁器久候的红锈……

也许，一杯酒下肚，再轻轻松松听一首歌，才最能体会这类城市的味道。兜兜转转，我到了一个酒吧。

利物浦城市的酒吧，终归和小镇的不一样。我在小镇的酒吧里，最喜欢的是冬天，守着一个壁炉，看着外面的雪花漫天，问一问我等的那辆公交车什么时候到，都已迟了半个小时。酒吧里的人，十有八九会反过来告诉我，嘿，女孩，这里又不是你们日本（我经常会被认错国籍），那么准时干吗？你再等一等嘛，一会儿就到啦。我捧着一杯咖啡，看到了远处慢慢爬来的公车，赶紧冲出门，跑到马路对面，挥挥手，生怕错过这一班。身后传来一阵笑声，往往是在安慰我：不要那么急，下着雪呢！它会等你的！

而在利物浦城市中的那些放着披头士音乐的酒吧，是一种什么感觉呢？我有一位很好的男性朋友，他很喜欢酒吧，去一个城市旅行，不需要什么名胜古迹，只需要告诉他一个地地道道的都市范儿酒吧，就足可以让他动身前往了。

"我看到一个帅哥，在你的右手边，头发微卷，快到肩膀了，穿白色T恤。"

"这样，你看着他的时候，如果他也看向了你，千万别立刻转头，就面不改色地继续微笑地看着他，如果他也朝你笑笑，你会感觉很开心的。"

他属于这样的人，很擅长在酒吧里愉快地和别人搭讪或者畅谈。他不喜欢看电视剧，每天打扮都很得体，偶尔指出我的皮肤最近又需要补水了，年末圣诞派对的时候，会嘱咐刚进英国公司的我打扮得漂亮一些。

利物浦都市的酒吧，在我心里，是属于这类人的。而这类人，最应该去一次利物浦的酒吧，听一次披头士纯粹的摇滚。歌词里，带着一种简简单单的、毫无掩饰的、愉快的勾搭。

"昨天，一切的烦恼都远去，昨天，爱情简单纯真……"

"哦，我有话想对你说，我想你会明白，当说的时候，我想牵着你的手……"

人们对披头士的喜爱，可以用"狂热"来形容，可是他们的小情歌，却难得地带着清爽的小调，像一夜狂欢后看到她，温暖恬静的安心，也像一杯甘梅烈酒后，彻头彻尾的放松……

后来，一提起利物浦，我就会向朋友推荐：如果你是因为披头士乐队才想去利物浦，记得住一晚一夜狂欢酒店，睡不睡得着，都不那么重要了。

· 第五节 ·

红盾白城：罗斯柴尔德酒店
The Rothschild Hotel 96

"在以色列，要相信奇迹，才算活在现实。"
——大卫·本·古里昂

- 古老酒店类型：家族酒店
- 时光：近一百年
- 地点：特拉维夫市，以色列
- 到达：酒店位于市中心，步行 30 分钟基本可以到达所有景点去以色列的时候,完全没有想到要把它写进这本书里,虽然以色列和欧洲有着千丝万缕的联系,但是它毕竟在中东,它给人的那种错综复杂的感觉,似乎和欧洲的古典和自然一点儿都不搭边。这次也就是去工作出差而已,顺便看一下耶路撒冷,应该就可以了。

可偏偏,在从机场开往特拉维夫 Fisherman Street 的公寓时,途经一条很有特色的街道。那街道非常开阔,两条行车线中间,有一条像是绿洲的更开阔的街道,这条绿洲两边的树枝繁叶茂,两排树的内侧是自行车道,再往内侧是小街亭,有咖啡馆和休息的地方。我从来没有见过这么宽敞、多功能又绿意盈盈的街道。

"很漂亮,是吧?这是罗斯柴尔德大道(Rothschild Boulevard)。"

"哦,又多看了一眼,欧洲风情,在以色列?!"

"那个,阳台上站着三个彩色人像雕塑的小屋子是什么?好特别!"

"在特拉维夫的人都会记住这个地方的,那是罗斯柴尔德酒店(The Rothschild Hotel 96)。"

我忍不住在座位上笑。果然,如果你真的潜心研究一件事情,整个世界都会有它的细枝末节!特拉维夫罗斯柴尔德酒店,我在这里的六天时间,不会错过你的。

红盾家族和白色之城

在罗斯柴尔德酒店的每个房间里，都有一处共同特征：床头上方的画作，是根据真实照片描绘的，每一幅都与欧洲犹太裔的罗斯柴尔德家族（红盾家族）成员在以色列的投资和建设有关，而且，画幅的边缘镶嵌材料取自于木门，这些木门是这个酒店建筑最初的木门。这些画作都在讲述着故事。酒店经营者如此重视这些故事，非得把它挂在床头，还用门嵌起来，真是倔强得可爱！这种倔强，还恰恰无处不在：以色列钱币谢克尔上的希伯来语诗人们，还有特拉维夫机场的墙壁上杰出的犹太人……

roof suit

墙上的画作都有关罗斯柴尔德家族在以色列的项目

　　以色列和欧洲的渊源颇深，在十九世纪的时候，欧洲的犹太复国潮流渐成气候，这股被称为"犹太复国主义"（Zionism）的运动，包括：建立属于自己的国家；拥有自己的国土；复活已经不再被使用的古希伯来语。它源自希伯来语，意思是和"耶路撒冷"有关的。罗斯柴尔德家族是犹太裔，作为十九世纪欧洲最富有的家族，在这场复国运动中起了非常重要的作用。他们用雄厚的财力和果断的执行力，支援了以色列的葡萄酒业、希伯来文化复兴，以及教育和基础设施建设，其中，以埃蒙德·罗斯柴尔德男爵（Baron Edmond Rothschild，1845—1934）的贡献最为突出。

　　罗斯柴尔德酒店所处的罗斯柴尔德大道，不仅名字和来自欧洲的援助有关，就连其建筑也是。这里有一系列的白色建筑，规模很大，因此特拉维夫也被称为"白色之城"。这些建筑由移居到此的德裔犹太人按照德国的包豪斯建筑学派风格建造，在以色列建国前，这里还是英属巴勒斯坦犹太社区，日后，特拉维夫发展成了世界上聚集这种建筑风格最多的地方，有四千多处。2003年，联合国教科文组织（UNESCO）将其纳入联合国文化遗产名录，因为这里的建筑将德国包豪斯建筑学派风格和当地的风土人情紧密结合，规模巨大。

特拉维夫的包豪斯建筑学派建筑根据以色列特拉维夫炎热湿润的气候环境做了很多调整，比如窗户较小，阳台较窄，建筑颜色偏向奶油色或者白色。其实，中国有很多酒店也是欧洲风格的，我不是排斥国内学习国外，但是一个有趣的酒店要的不仅是独特的外貌，更是浸润这个外貌的历史和风土，如果以色列的罗斯柴尔德酒店没有和欧洲以及欧洲的重要家族有着如此紧密的联系，估计这家酒店也就是一个有趣的酒店，有着艺术家欧拉·辛巴莉丝塔（Ofra Zimbalista）最著名的"三人唱诗班雕塑"站在窗口，我可能也只会选择路过……

那天，以色列正有暴风雨，我买了几张明信片，走到附近的邮局，却发现它关门了，既不是犹太周末也没到傍晚，怎么就关门了？询问街边的一家餐厅，他们跟我说，今天天气不好，也不知道邮局会不会开门……

那这暴风雨得有多严重啊?连邮局都不开门了。以色列的冬天只有两周,我就赶上了其中一个。

那个雨夜,我在罗斯柴尔德酒店吃过饭,听完故事之后,酒店的人告诉我,出租车不好打,因为风雨夜,出租车司机更喜欢载路边搭车的人,这样更快。

站在风雨交加的夜里半个小时,把自己放在最繁忙的路灯下,好像灯光下雨了一样——在这么美、这么温柔的景色下面,也许能快点儿打到车吧?

忽然,想起和好友的一句话:"有一天下雨,我真的很不想走到地铁站去挤地铁,于是萌生了努力赚钱给自己买第一辆车的念头。"

我在这个雨夜,更惦记着记在日记里的另一句话:"你知道吗? 你很幸运,有这么有趣的生活。"

"是的,有趣的生活也常伴戏剧性。"

耶路撒冷的石头·《圣经》里的葡萄酒

我的以色列记忆,大多是在杯子里的,因为大量的时间都在研究葡萄酒。

艾善,我的朋友,一位有魅力又聪明的犹太人,这个中文名是我为她起的。

也许真的是缘分,她葡萄酒的名字是 Ya Yin,在希伯莱语里是"葡萄酒"的意思,而在中文里,也有"雅饮纯和气,清凉冰雪文"之意。这款葡萄酒,也就顺其自然,译为"雅饮"了。

"你为什么这么智慧呢?"我问她。

"我饮故我知。"(Oh my darling, I drink and I know things.)

第一天,我们去了耶路撒冷,这是那周唯一不下雨的一天。每一个喜欢故事的人,可能都会想去这里吧。

"耶路撒冷的新建筑,必须用耶路撒冷的石头建造,这是法律规定。"艾善的丈夫告诉我。无论是民宅、寺庙、教堂,还是最著名的哭墙,用的都是当地的石头;耶路撒冷的四个区,亚美尼亚区、犹太区、基督教区和穆斯林区,也都用耶路撒冷的石头。这些石头有褪色白、沙黄、粉色、金色……纵使宗教再多样和复杂,这种在建筑上的一致和延续,有一种对历史的尊重,以及对自由的有趣的讽刺:你们人类无论如何计较和划分,这个城市的外貌却那么执着地统一着,耶路撒冷就是耶路撒冷。

到哭墙的时候,已经是傍晚,正好夕阳西下,整面墙凹凸不平,塞满纸条的石头表面,被光和阴影分成了两块,顺着那条斜斜的光线,恰好能看到那个分隔男女祈祷的篱笆。篱笆的一侧,一些女人正趴在一些椅子上朝另一侧望去。

游客 - 警察 - 信仰

"那一侧,一个男孩子正在进行成人礼,妇女不能进到男人祈祷的地方,所以她们趴在我们的这一侧观看。"

耶路撒冷游过之后,就一直在特拉维夫了,主题是葡萄酒。

《圣经》中记载了酿造葡萄酒的历史,诺亚是第一位酿酒的人。之后,这片土地上的酿酒传统曾消亡过,就像那古老的希伯来语一样。不过,这片土地上却经常出现这样的奇迹:以色列复国的时候,希伯来语被重新学习并带到现代生活中来,而罗斯柴尔德家族的投资和技术支持,也使得以色列的葡萄酒产业重新恢复生机,并在国际上屡屡获奖。

我忽然想起一句话："在以色列，要去相信奇迹，才算真正地活在它的现实中！"

和以色利的好友艾善一起去拜访她开酒庄的好友时，酒庄停电了。夕阳西下，正好借着那暗下来的光说话，橙色的光洒在我们的侧脸上，好温柔。我们探讨了明天的讲座内容，随后喝一瓶酒，我注意到酒瓶上没有酒标，酒的颜色还有点儿像苹果汁的浑浊。原来这是一款新酒，还没有装瓶，这酒香，只能和在场的人一起品味。哪怕以后它被售卖，也不会再有其他人喝到同样的味道了。临走的时候，月光映在葡萄树上，清凉的以色列之夜。

如果有人问我，你是什么时候喜欢喝葡萄酒的？我会说，就是那个晚上，夕阳西下，月光初上的时候。

是的，很多爱好的开始，都源于恰好的时刻。

耶路撒冷 – 西墙／哭墙

以色列的葡萄酒 – 未装瓶

第 5 章
美味情缘
——难辜负

庄园酒店园林的秋天

· 第一节 ·

法国米其林主厨和英伦庄园梦
Belmond Le Manoir aux Quatre Saisons

"我需要让孩子们知道，周围有些东西在盛放。"

"We need to show our children what flourishes near their homes."

——雷蒙德·布兰克（Raymond Blanc）

- 古老酒店类型：庄园酒店，米其林二星餐厅
- 时光：至少三百年
- 地点：大密尔顿，牛津附近，英国
- 到达：距离牛津火车站半个小时的车程

勋爵夫人：卖掉庄园，只为美味

带花园的房间入口，掩映在花草之中

我打了个车，从牛津火车站出发，车身上贴着一大片广告的小出租车毫不客气地沿着林荫小路停在了庄园门口，位于一辆保时捷和一辆古董车旁边。"尴尬症"还没有来得及发作，一位衣着得体的金发美女员工径直走过来，帮我打开车门，非常热情地打招呼。在从庄园门口到酒店房间之间，会穿过一小片花园。她友好地问我从伦敦到牛津是否顺利，我简短回复之后，顺便反问她，她转身一笑，美丽的唇色，让人眼前一亮，像是潜水时忽然看到了珊瑚。她的手轻轻一指我们身处的花园，说："在这里工作，谁会不开心啊？"

我的房间，名为橘园，花儿和绿藤缠绕在一个小铁门上，除了房间的名字，铁门的其他地方都不明显，已经被植物遮盖得严严实实。打开门，就是一个花园，花丛高高低低，通向房间。一推开门，我就发现了这间房的名字和设计是那么搭调。淡橘色的墙，粉橘色的床，客厅和房间之间的门旁，摆着两棵小橘子树，桌子上放着欢迎水果——香蕉和橘子。

当然，房间里还有一本书，就是这个米其林庄园的现任主人，雷蒙德·布兰克（Raymond Blanc）的一本自传《品尝我的生活》（*A Taste of My Life*）。

时间回到了1982年，雷蒙德正在想着一件事情，在牛津，已经经营了五年的米其林餐厅Les Quatre Saisons，是时候进一步发展了。而这一次，他的心中有着一个梦想的家："拥有一个大一点儿的餐厅，大约有40~50个座位，请来的客人可以在宽敞的空间里，细品佳肴和美酒，聊着最近的大事和小趣闻。而且，这个家必须是老房子，英国有那么多有个性的老房子，不去住住就太可惜了。哦！还要有大约10间卧室，这样，我的朋友和家人，在享用晚餐之后，就有地方休息了。要是再有一个大阳台就好了，夏天的时

我的房间，名为橘园

候，我们可以坐在其中，享受阳光，看着菜园里的植物茁壮成长，而这个菜园，必须足够大，这可是我的习惯，我的念想，一个人人称道的乡间餐厅，必须有一个自给自足的好菜园。"

于是，在 1982 年，雷蒙德看了很多家房子都不满意之后，无意间翻到了《乡村生活》杂志 (Country Life)，英国非常知名的乡村生活类杂志，创刊于 1897 年，至今仍非常活跃），看到了一所乡间庄园正在出售，他心里默默对自己说：就是这个房子了！他迫不及待地和夫人一起，开着车去寻找，甚至连庄园的主人是谁都不知道。庄园位于牛津东南方向的大密尔顿（Great Milton），雷蒙德开车过去的时候，小石头铺满的小路延伸到远方，偶尔会遇到几栋老房子，门扉紧闭，精致修剪过的草坪从窗外闪过，还会看到一些焦黄色的古老石墙……雷蒙德回忆道："我当时也迷过路，下车跟路人打听，向他们描述了一番庄园的样子和位置之后，路人非常肯定地告知，那可是克伦威尔勋爵夫人的庄园，并为我指了路。"

夏天，庄园酒店的花儿都开了

正院花园里的雕塑

到了之后，敲门，一位女士的声音传来，雷蒙德以为是管家，便对她说："我想找勋爵夫人。"那位女士说："我就是。"看到庄园很开心的雷蒙德又开门见山地说："我是雷蒙德·布兰克，我想买您的庄园。"没想到，勋爵夫人在确认他就是莱斯奎特（Les Quatre Saisons）餐厅的主厨雷蒙德之后，非常热情地邀请他进门。还说，她和家人在那里享用过美味的一餐，非常感谢雷蒙德的精心烹饪。

雷蒙德边走边看，庄园威严庄重，很好地反映了屋主人的地位。进到屋里，他陶醉于壁炉中余留的木头味道，心里想着："我要把它的古老庄严延续下去，再加一些柔美。"因为勋爵夫人也是雷蒙德的忠实顾客，所以她非常认可将庄园保留下来，以尽美食和休闲之用。在两人愉快地交谈之后，勋爵夫人乘

爬满紫色鲜花的墙

古典房间

坐自己的马车，在小镇里挨家挨户地敲门问候，希望在当地政府调查民意时，这庄园的改建能得到他们的支持。谁会去拒绝当地的名望贵族、勋爵夫人呢？于是，后来，一切进展得都非常顺利。我忽然想起《托斯卡纳艳阳下》里的一幕：一只鸟儿将屎拉在正在度假的作家弗朗西丝身上，被老房子的主人看到了，这在意大利可是吉祥的预兆。这位一直犹豫不决要不要卖房子的老太太，激动地大喊说："那就是预兆！"于是爽快地把老屋卖给了弗朗西丝。

谁说不是呢？这样的老庄园，找到合适的主人，是需要缘分的，再有钱的金主，也比不上勋爵夫人的一点儿喜爱，而勋爵夫人对雷蒙德美食的喜爱，可不止一点点。于是，美食就成了打动她内心的那个预兆。现在，如雷蒙德所愿，庄园有很多柔美的特点：套房隐藏在层层叠叠的花丛和藤蔓之后，私密又休闲；花园中央有一个花房，错落地放着一些花，古朴低调；角落里点缀着许多大大小小的雕塑，形态各异，有淑女读书、农妇采花、萌宠饮水……

盛放的不止日本花园,还有法式菜园

此时恰好是五月,英国好天气的开始,各种社交活动也都要陆续开展起来了,比如说远近闻名的切尔西花展,确实是赏花的好去处。这时候住在雷蒙德的米其林庄园,最不能错过的,就是他的两个园子——法式菜园和日本花园。

从我住的橘园出来,就可以看到周围有几个与它类似的小园子,都是酒店房间,自带花园,设计独特,看不到墙,用树和花草搭建出来的栅栏,挡在房间外。层层叠叠,以绿色为主,点缀着小花的浅蓝和淡粉色,很有春天的散漫情调。在我们这些小园子的侧面是日本花园,对面就是占地80公亩的法式菜园。当时我听到日本花园那里有流水的声音,就走了过去。

日本花园和茶房

一个法国人，在英国买了一个庄园，却偏要把花园建成日式的，似乎充满了矛盾，这要从雷蒙德的一次日本美食之旅说起。1993年，雷蒙德受邀去日本做美食巡回讲座，可以去日本的很多地方学习交流。他很兴奋，因为工作繁忙，他之前基本没有离开过英国和法国，这次日本之旅可以满足他对东方美食的种种幻想，尤其是神户牛肉——他曾听说，在日本的神户牛肉产地，那里的牛要经常喝日本清酒和啤酒，还有专门的艺妓为它们按摩，这样才能使肉质鲜美柔嫩。因此，雷蒙德迫不及待地想要去日本一探究竟。整个旅途让他大开眼界：日本的高速列车洁净准时，比英国的先进很多；日本厨师做菜用料新鲜，他们用刚出水的活鱼烹饪，一秒之前你看它还在水中游，几分钟之后，就在你面前现场处理和烹饪，并端上餐桌，而雷蒙德的欧式烹饪是倾向于不让客人看到这些过程，日式料理虽然吃得很不自在，但还算入乡随俗；神户牛倒是很让他失望，因为他并没有看到那些牛喝酒，也找不到给牛按摩的艺妓；之后还在一家餐厅，喝下了醉酒的小活鱼……

园子的导向牌

庄园酒店的花房门外

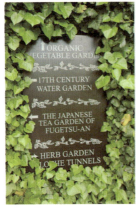

不过，对雷蒙德产生最大影响的，则是日本无处不在的独特美感：美食的摆盘、花园的设计、餐厅的布景……回到自己在英国的米其林庄园之后，他就开始着手修建日本茶道花园，轻巧简单，和庄园里的其他景致很不一样。1995年，伴随着日本驻英大使夫妇的光临，以及庄园里的日本美食节活动，这个日本花园第一次对外开放，成为米其林庄园里独特的异域文化。

我在日本花园里转悠了很久，空气很新鲜，只遇到了一对老夫妇牵着手在这里散步。一直到夕阳西下，最后几缕阳光把一尊仙鹤雕塑的剪影映在小池塘里，我们才沿着一座小木桥，依依不舍地去吃晚餐：一个七道式，其实是很考验人的，对！在享受的同时，也是考验，它需要从八点吃到十一点多，整整三个多小时的时光，要和什么样的人，面对面，共同品尝美食和美酒？如果要做到不无聊，尤其是在一道享用完等另一道的时间里，不同品位的人，一起评价菜品时，或许是一些共鸣，共同分享，又或许是一些无关紧要的小细节，一起发发牢骚……有人说，要想知道与一个人和不和得来，就一起去旅行吧。后来我想了想，一起坐下来，吃一顿丰盛的晚宴也可以。一个人的性格、品位、魅力、耐心和细腻，足以隔着一张桌子的距离，慢慢铺陈开来。

我还没有想好，下一顿想和谁一起吃，就到了第二天的早上了。趁着阳光正暖，去逛了逛雷蒙德的法式菜园。法国人的院子和英国人的院子还是有一些区别的，雷蒙德的父母都是工薪家庭，家里菜园的面积远远大于花园的面积，而在这里，恰恰相反。他对英国人狭小的菜园，总是抱怨满满，雷蒙德一直认为，在父母的影响下，自己在成为主厨之前就已经是一个合格的园丁了，父母对当季美食和有机美食的热爱，让雷蒙德从小就感受到了"周围有些东西在盛放"，他下决心打理出了米其林庄园现在的法式菜园（French potager）。这里有九十多种蔬菜瓜果和七十多种香草，各类植物根据它们的

庄园米其林餐厅的美食

季节特征，交错着种在一起，这样就会让四季都有盛放，生机勃勃。

雷蒙德刚买下庄园时，一看到庄园的院子，简直要哭了，太长时间没有人专业打理，已经一团糟。他的父亲从法国过来，和他一起设计和打理，收拾了杂乱，赶跑了兔子。经过了六个月的打理，花园终于初见成效，于是他们开始想方设法培育口感上乘的蔬菜和香草。印第安人的"血泪之路"豆角，是美洲的印第安人在被欧洲殖民者驱逐的路上栽种的豆角，现在需要从最专业的供应商那里才能找到。作为法国人，雷蒙德坚持要种多种土豆，从各方寻找合适的品种，这就有可能引起英国人的不解："土豆不就是土豆吗？"

现在这个法式菜园，四季都有新鲜的蔬菜瓜果和香菜源源不断地供应给米其林庄园的客人们，而且高低错落，四季不同，很有观赏价值。来参加雷蒙德烹饪课程的人，还可以跟随雷蒙德去学习有机菜园的培育和打理等常识。随着他的菜园日渐有名，英国广播公司BBC邀请他和皇家植物园（Kew Garden）合作，推出了系列电视节目《盘中邱园》（*Kew on A Plate*）来和公众分享一些蔬菜瓜果的历史演变、培育过程，以及营养价值和烹饪技巧。我在酒店的走廊里看到了书架上有一本与这档节目同名的书，随手带进了餐厅，放在餐桌边。封面是西红柿的颜色，看起来很有喜感。

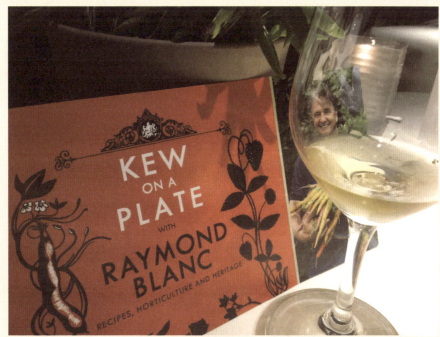

酒店主人的自传

庄园主人创办的美食学院

· 第二节 ·

缘定间谍城堡酒店
Danesfield House Hotel

蔓草丛生，细雨如粉，鸱鸪幽啼
我将迁徙，卜居森林小丘之陬
静等那足够我爱的人物的到来
——木心《眉目》

- 古老酒店类型：庄园酒店，英国二战图片分析总处
- 时光：一百多年
- 地点：马洛小镇，英国，眺望泰晤士河
- 到达：距离伦敦一个多小时车程

睡一晚，第二次世界大战图片分析军情总处

樱花和城堡地图

"你可能有所耳闻，乔治·克鲁尼和艾莫在英国的新婚派对，就是在丹尼斯菲尔德别墅酒店（Danesfield House）办的。"

"您有照片吗？"

"不允许拍照，我们签了保密协议，不能随意拍照也不能让照片外流。"

五月，英国的阳光渐渐多了一些，但还是吝啬地洒在路的一边，慢慢悠悠地。"它要是心情好的话，会持续到晚上八九点吧。"公交车停在一个狭长的路口，司机探出头来找到正对着阳光发呆的我，说："嗨，这站你该下车了，沿着坡走上去就是你要找的丹尼斯菲尔德别墅酒店了。"说了好几句感谢之后，我朝前面这条路望了望，一条还算宽阔的小路，两旁都是树，在

左边有一个大拐角，隐隐约约能看得见一些粉红色。站在我这个角度已经看不见其他的了，估计那里就是坡顶了。

"樱花落下的速度是秒速五厘米，这个动画就是讲这样的故事。"

站在拐角处的这棵樱花树前，我想起了一位喜欢日本动漫的朋友，他向我推荐电影《秒速5厘米》的时候，就是这样介绍的。而这里，五月的风已经把大部分花瓣吹到了树下，一道狭长的粉红色沿着风吹的方向排成了一个拐角，对着上方的白色城堡。

我一直觉得城堡应该是暗色的，越暗越好，古老的褐色或者是维多利亚红色，才显得出那段特定历史的厚重和城堡里家族的故事。可是，当站在粉红色的樱花树前，看到这座飘着紫藤萝花香的白色城堡时，有一种恍悟：城堡是当时的人建造的，那个人是喜欢那种厚墙青苔还是轻盈白净，谁又左右得了呢？那么这里的故事，是不是也像这颜色一样，云淡风清？

这栋城堡，是这辽阔土地上的第三栋房子。1897年，维多利亚时期的著名肥皂商罗伯特·威廉·赫德森（Robert William Hudson）先生买下这片地并重新建造新房。在罗曼·沃克（Romaine Walker）先生的大力协助之下，这栋意大利复兴风格的建筑在1899年始建，并存留至今。可能是因为庄园主人是肥皂商，所以这建筑的颜色显得清新洁净，风格独特。几经打听，这种肥皂现在已经停产，不复存在，但是这栋祖宅，就这样一直被保留下来。

不过，就像一段话，离开了原有的语境，就会产生无数种不同意义。家宅也是。它的故事，在几百年之后，已经不能由它的主人左右，那风光无限的家族，似乎，也只能是老宅的一个过客，它守候的人和事，也如这房前的花草般，一代又一代，变换着葳蕤生长的姿态……

办理完入住手续，和酒店的工作人员聊天的时候，听到了开头介绍的关于乔治·克鲁尼婚礼派对的趣闻，反而觉得很适合就这样突兀又惊讶地介绍这家酒店之前的故事，看起来云淡风情？经历也着实让人大跌眼镜：保密嘛！这是现在很多私人派对的必然要求，能从英国皇家空军军情处要到图片资料的人，也得有间谍般的智商吧。这对名人夫妇倒是很会选地方，要是保密工作都做不好，这个酒店也太愧对当年的军事辉煌了！其实，这里曾经是第二次世界大战中，英国皇家空军的图片侦查分析基地，那些由飞行器、飞机、监控器等搜集来的图片资料，基本都会汇集到丹尼斯菲尔德，供特工和专业人员分析，用来侦查敌情，了解敌军的行动计划，部署战略。高峰时期，每天送达的需要分析的图片资料多达五万张。

城堡酒店的花园

城堡的花园一角

  酒店至今仍然保留着很多当时珍贵的历史图片，挂在客人入住接待处的墙上，木质的相片框架，有的厚重，有的轻薄，错落参差地挂满，纪念着一些或长或短的故事。如果好奇，工作人员会告诉你那些人是谁，他或她有哪些事情载入了史册，谁或谁，又被历史遗忘了功绩，留给人们漫长的想象。众多的照片里，丘吉尔的女儿萨拉（Sarah）是被问得最多的历史人物，她曾经在这里，和其他众多头脑聪明、行事谨慎的人一起忙碌，为取得第二次世界大战的胜利而殚精竭虑。我身处其中，发现这里鸟语花香，大小花园错落有致，这般人杰地灵的处所，有没有在当时给担当历史重任的人，带来工作的启发和压力的缓解？

  "在这样的古老酒店工作，让你印象最为深刻的是什么？"

  "有一对夫妇，他们五十年前在这里结婚，五十年之后，也就是今年夏天，他们决定还在这里办一个纪念仪式。这所古老的房子，不仅有其本身重要的历史，还会见证着其他人的幸福故事。"

  我在酒店大厅休息的时候，见到了酒店的总经理。入住之前，我曾向酒店问询，我可不可以问总经理一个问题。他倒是很大方，直接在当天出来见了我，当面回答了我的问题。

  对啊，有一些故事和感受，你也更希望能亲耳听到，是不是？

白色城堡，紫罗兰的婚礼

这场婚礼在五月。对，是春天，也是英国切尔西花展的时节。这个月，电视里播着花展，人们侍弄着花园，连周末的市集上，都可以用一份报纸卷起各种花。我到酒店的那个下午，闻到了紫罗兰的味道。

美好的时光就是这样，这场婚礼，一切如这个时节的花香，觉得它本就应该在那里。

以前，我们总是喜欢用坚硬的东西来形容坚定不疑，在丹尼斯菲尔德别墅酒店，花园永远在那里，俯瞰着泰晤士河，河水自古以来就静静流过，偶尔泛滥，却一直在那里。花园里的房子，则在这千年里换了三次，最近的一次，就是这个白色的城堡。原来，柔软的，反而更长久。

朋友婚礼的前一天，我到了酒店。听说那是一个城堡酒店，我便很开心地来了。傍晚，新郎新娘、伴娘团和伴郎团来到这里，做最后的检查，轻松自然，没有焦虑。

作为婚宴的客人，参加城堡酒店的民政婚礼，我还是第一次，但是在伦敦工作的时候，协助过一对来自中国的新人，安排过一次"城堡+教堂"的宗教祝福仪式。从联系城堡，城堡附近的教堂，到牧师、花艺师、摄影师、摄像师，接送的车辆还有他们的酒店，争取不出一点儿差错。很多城堡很美好，但是新人不喜欢，一个一个被否定，重新寻找，报价，终于一切确定下来，着实花了不少心力。新人在教堂举办仪式，花艺师的花运来的时候才发现，和商量的不一样，少了好多，急忙打了个车到附近小镇的超市买了十几捧花，将玫瑰装饰在座椅上，其他的花瓣撒在教堂的地毯上，把康乃馨和一束不知

城堡婚礼的邀请

伴娘的手捧花

紫罗兰下的婚礼演奏

婚礼的花园派对

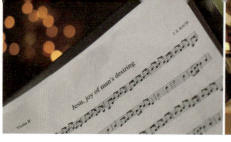

婚礼配乐　　　　　　　　　　婚礼仪式之后的酒会

叫什么名儿的紫色花串绑成一束，别在了小教堂入口处的栅栏上。

新人就在这时候来了，他们在教堂举办仪式，在城堡拍婚纱照、吃饭，最后在伦敦的酒店住下，算是折腾了整整一天。婚礼仪式结束的时候，我到教堂不远处的一片小平原上休息，看到了两匹马儿，在悠闲地吃草，小黄花点缀着草地，蓝天白云。它们看到了我，慢悠悠地晃荡过来，在栅栏前停下，闻了闻，把我逗笑后，它们哧哧鼻子，又跑远了。那一幕，我印象深刻。

那时候，我就开始觉得，梦想中的婚礼，应该有一种心理上的宽阔感，就像让人看到了草原，以及快乐的马儿一样，不急不燥，简简单单。

电影《时间恋旅人》里，小教堂的婚礼之后，英伦那个永远不知时节的瓢泼大雨，哗啦啦地洒下来，淋得女孩哈哈大笑。

《欲望都市》电影版，凯莉心心念念盛大婚礼，在纽约图书馆盛情等待而不得，最后却在小教堂里，简简单单，毫不折腾地，欠起脚尖，满脸笑容地说了一句"我愿意"。

这场在丹尼斯菲尔德别墅酒店举行的婚礼，就有这种感觉，婚礼仪式在丹尼斯菲尔德城堡狭长的宴会厅里举行，乐队们演奏着一首名字很有趣的歌：《新郎的决定》(*The Groom's Decision*)。然后大家到花园里，衣着得体，觥筹交错，赏花和看泰晤士河，偶尔对着摄影师的镜头笑一笑，伴娘的淡紫色裙子，翩然飘过了紫罗兰瀑布，像是一个笑意盈盈又很讲究的花园派对。

因为只认识新郎，和其他人不是很熟悉，也没有刻意去结交，所以我坐在紫罗兰瀑布下,看着丹尼斯菲尔德别墅酒店的花园中心的喷泉,水柱叮咚叮咚地落下,像是花童们咯咯的笑声,几个小孩子在大花园里捉迷藏。

"喷泉再加一杯香槟,没有什么比这个更幸福了。"

"我想在老房子,看到一场婚礼和一个幸福的家庭。"

"你看,你的愿望都实现了。"

想起了《托斯卡尼艳阳下》里的这几句台词,是啊,老房子是有这样的魅力的。

婚礼仪式的大厅

睡 在 时 光 里 的 秘 密

· 英国城堡、庄园酒店和教堂的婚礼 ·

❧ 宗教祝福仪式

　　中国人在英国办一场城堡或者庄园婚礼,大部分程序和在国内酒店是一样的,但是和当地人城堡婚礼的性质有所不同。从国内过来,举办教堂婚礼并下榻城堡酒店的新人,一般都已经是中国法律意义上的夫妻了,来英国,只是想办一个仪式体验一下氛围,一般被称为宗教祝福(religious blessing)。所以在提前预约教堂牧师出席仪式的时候,只需说这是一个宗教祝福仪式即可,牧师就不会要求新人提供身份文件。但是有的教堂和牧师要求严格,如果要在他们的教堂举办仪式,那这对新人在仪式之前,必须在当地定期参加一些周末礼拜活动,以表示自己是虔诚的教徒。而当地英国人在城堡或庄园的婚礼,是可以用现场签字作为法律仪式的,当时就可以拿到自己结婚的法律文件，这类叫作民事婚姻（civil ceremony）。需要预约当地的民政局工作人员到场出席仪式并见证新人签字，一般十分钟左右，还必须在当地有举办民政婚礼牌照的地方进行。

古迹摄影许可证

如果要在一些重要的城堡酒店、古建筑附近，或者皇家公园内（比如伦敦的海德公园和圣詹姆斯公园）拍摄婚纱照，是需要申请许可证的。一般要求提前一周申请，并且缴纳费用。如果不申请许可证就擅自在一些有历史价值的古建筑和皇家公园附近拍摄，是会被追究责任并且罚款的。比如，可以举办婚宴的布莱尼姆宫（Blenheim Palace）就要求，如果要在庄园内拍婚纱照，必须在庄园内举办婚礼并且获得摄影许可。

城堡婚礼场地的历史保护

一些城堡和庄园酒店属于国家一级或者二级保护建筑（Grade I、Grade II），为了保护建筑本身，以及建筑内部的历史画作、老地毯、雕塑和摆设，内部的宴会布置是受制约的。比如，有些地方不能摆放蜡烛，有些地方不能挂东西，婚宴的鲜花摆设必须是借助花泥供给水分，花瓶内不能有水以免碰倒时有水流出，有的地方甚至禁止摆设带雄蕊的花，以免花粉掉落难以清理，等等。所以，城堡和庄园酒店的工作人员会友善地推荐和他们有合作关系的婚礼布置人员以及摄影师协助婚礼工作，以免出现因为对场地不了解而产生的麻烦。

看图慢话

·城堡婚礼，是时光的祝福·

童年读过格林童话的，可能都有这样一种想象：王子和公主，举办了一场难忘的梦幻婚礼，从此幸福地生活在一起。而属于王子和公主的婚礼，不在城堡和庄园似的殿堂中，就说不过去了。

公主们的这个情节，往往开始得很早，我很喜欢《结婚大作战》开头的部分，两个不到十岁的小女孩，从新泽西到曼哈顿的广场酒店（The Plaza Hotel）的那天下午，一对新人正好在那里举办婚礼，新娘身上有一些旧的，一些蓝的，一些借来的，一些新的。当然，在曼哈顿最有历史感的广场酒店看到这个幸福的婚礼，又给这份经历带来了一些魔法。

在欧洲，城堡和庄园婚礼备受青睐，其私密性非常好，都不是公共交通随意到达的地方。如果恰逢冬季，来一场大雪，或者仅仅是在城堡一个精心雕饰的屋子里，壁炉暖暖，烛光盈盈，也让人满足。宾客都对彼此熟悉，互相点头示意，觥筹交错，却在具有浓郁历史感的气氛中,丝毫不愿喧哗。音乐声起,便看到公主缓缓走来,婚纱纯洁,隐隐含光,长长的裙摆上还落有纷繁的花瓣……

第一次去伦敦的时候,一路问着,找到了 Vera Wang,站在外面拍了一张照片,算是跟《欲望都市》里,凯莉试穿婚纱照的难忘情节做了个交代。然后我走到了新邦德街,那里汇聚了世界各顶级大牌。我也不知道自己拐到了哪里,看到一家名为"祖父时钟"(Grandfather clock)的钟表店。走了进去,发现它不大,却很长,摆满了复古的暗色老钟,却一点儿也没有压抑感。那看起来像几个世纪那么久的老钟,滴答滴答的声响,从两旁传过来,有几个世纪那么长,有安静的心那么宽。

对,就是这种感觉。古老的城堡和庄园,这儿的婚礼,有时光的祝福……

· 第三节 ·

悬崖上的爱情
♡ Golden Sunset Villas

"你知道吗?当一个人感到非常非常伤心的时候,他会喜欢看夕阳。"

—— 《小王子》

为什么呢?只因为夕阳太美?
"美即是真,真即是美。"这就包括:你们所知道和该知道的一切。

—— 约翰·济慈

▨ 古老酒店类型:老风车和洞穴酒店

▨ 地点:伊亚,圣托里尼,希腊

▨ 到达:从伊亚汽车站步行上山

悬崖·爱琴海·夕阳

偏偏有一种莫名其妙的被"文明所累"的感觉，大脑和肠胃都在放空。从雅典到圣托里尼，八个小时的轮船，真的不是一般的肠胃能够经得住的，我和好友排着队吐，最后直接躲在洗手间里不出来了，趁着自己还清醒，回忆了一下在雅典的两天。

已经连续吃了两天的木莎卡（moussaka）了，巷子里的餐铺，还是一如既往的热情，问路也好，搭讪也罢，有问必答，还会好奇地问你这问你那，谁说希腊人慵懒了？雅典普拉卡旧城区的暗黄色建筑也像这木莎卡一样，特

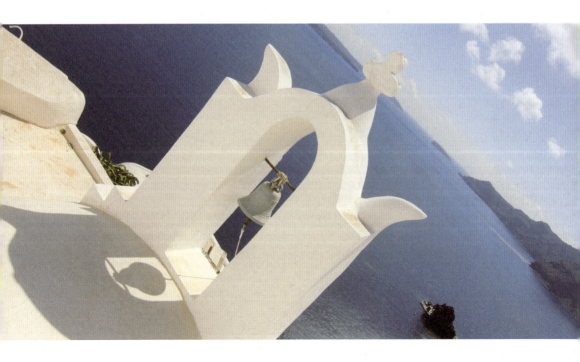

别令人喜欢，但是在卫城山顶的妖风下，盯了一整天的历史残骸，听了好多的历史故事和哲学起源，希腊建筑和当代危机，不能再以十足的好奇继续欣赏这种古典了。现在可好，把这希腊的美食连同那暗黄色的美感一同全部栽在了这艘"蓝星慢船"（Blue Star）里，以至于这几年后我回忆起那段旅程，只记得圣托里尼的夕阳和风车，关于上船前的雅典记忆，似乎已经被卸载了。

"圣托里尼，你一定要美好一些，简简单单，不要有太多故事，就是单纯的美好，让我睁着眼睛看就行……"我就这么自言自语，也终于熬到船停靠在岸，睡了觉，喝了鲜榨橙汁，第二天就见到了伊亚岛，住在了金色落日

风车酒店院内

别墅酒店（Golden Sunset Villas）。这家风车酒店，是我此次收集的所有古老酒店中的第一家。2013年的复活节期间，我和在英国读书时候最好的朋友，一起住在了这里。

学生的复活节放假比较早一些。我们入住的那天，整个风车酒店只有我们两个人，价格也比平时便宜了接近一半。房间是岩洞房（Cave Houses），两个卧室，非常宽敞，从房间走出来直接可以看到大海，早餐也是在室外，可以远眺大海。除了这个房型，最令人向往的应该就是风车里的套房了。这么多年以来，还是觉得这家酒店的性价比是最高的，有空间，也有景色。

"我要拍落日。"朋友说，然后就在日落前的一小时，架起了三脚架，等在那里。她本来就是一个使用词语很简单的姑娘，话不多，少到精辟。多少年以后，我挺想知道，她会用什么简单的词来概括我们的这趟夕阳之旅。

大约下午五点的时候，很多人都聚到了"我们的"风车附近，朝向风车和大海的方向，看夕阳。人们形容圣托里尼的时候，最喜欢用"蓝白"，然而，这里最吸引人的，却是这彩色的夕阳，蓝白衬托下的、每天都有的、稍纵即逝的彩色夕阳。

"当奥德赛误入独眼巨人洞内面临死亡威胁时，他发动手下人四处采集野葡萄，用脚踩出葡萄汁，酿成葡萄酒，将独眼巨人灌醉，趁机逃脱。"《荷马史诗》里这样描述道。虽然圣岛的葡萄种古老而特殊，酿出的葡萄酒也是远近闻名，但是，如果当初，奥德赛趁夕阳西下的时候，在独眼巨人洞的西边凿出一个洞，让那美丽的光线洒进洞中，趁着他发呆欣赏夕阳的时候逃走，是不是也可以呢？

那天，日落接近尾声，我才舍得放下相机，坐在那里看最后一束余光从我眼前的海边消失。人群散去，只剩我们两个收拾相机设备，很不舍地回到

伊亚夕阳

屋子里。才意识到，在传说中最美的落日面前，我却一直躲在了镜头后面。虽然记录下了那么美的时刻，却没有拥有日落时最美最安静的心情，脑子飞快地转，脚下不停地变，希望从各个角度，抓住这些瞬间。多年以后，一个好友咨询我买相机的事情，因为她有一次比较期待的旅行，想用好的相机记录下来。这让我想起了在希腊圣托里尼的这次经历，以及这个风车酒店前，美得让人忘情的日落，让我想再去。不过，下次去的时候，我不会再架起相机，而要安安静静地看一次日落。我希望有一天，当我回忆起自己见过的美景时，不用翻出照片，就能回忆起一个个令人心软的时刻。

夜里，从悬崖边走回大风车酒店，看到一簇簇花，相拥而眠，有点儿动了情，想起了电影《牛仔裤的夏天》。

火山和悬崖上的纯净爱情

喝了点儿酒,吃着一整条大鱼。我开始和我这位对美食和建筑颇为感兴趣的朋友聊聊天。

"真是太美了,是不是?尤其是我们的风车酒店,明天早上我会迫不及待地爬起来吃早餐。"

"挺美的啊!不过泰国的苏梅岛也特别美。都是海岛,你也应该去看看。"她接着吃鱼。

其实圣托里尼和周边的这些岛屿都是有故事的,只是,我在这本书里收集的是对故事的讲述,可这里,偏偏是对故事的掩盖。谁又会去关心呢?或许故

面向火山口的早餐

事远不如外表动人，真相远不如神话重要。可我偏偏想去知道，为什么世界上没有第二个圣岛？尽管奢华酒店遍布的地方有很多，像三亚、马尔代夫、巴厘岛、苏梅岛，再比如威尼斯，哪一个不是奢侈酒店品牌遍布的度假天堂？可是那里的酒店建筑是不一样的，那里色彩多样，以多元为荣的，不像圣岛。在圣岛，度假酒店发展得很不错，性价比很高，老酒店或者奢华酒店都是蓝白统一，以洞穴为主，面朝大海，甚至连建筑材料和内部设计都是非常相似的。

公元前1500年的一场火山喷发，导致塌陷和火山灰覆盖岛屿，从而形成了现在的月牙形状的岛屿。之后，这片地域一直都是火山和地震活跃的地带。3600年前的火山爆发和随之而来的海啸地震等自然灾害，也间接导致了米诺斯文明（Minoan civilization）的消亡，这次爆发也被后人称为"米诺斯爆发"，只留下了人类至今无法解读的文字、人们对《荷马史诗》中米诺斯神话的猜想，以及因火山喷发而留下的火山岩和火山灰。圣托里尼的美丽是建立在悬崖峭壁和火山口的圆形海洋之上的，周边一望无际的纯色海洋也为这绝美的落日提供了最美好的倒影和色彩的展示。可是为什么这里都是蓝色与白色，建筑都以洞穴为主，层层叠叠相互覆盖呢？

历史和自然才是圣岛建筑的设计师，造就了模仿不来的独特风景：希腊国土东南部的岛屿也被称作基克拉迪群岛（Cyclades），这个地方的建筑材料是什么？房子很多是以当地的火山石为原材料，地表层也有一层偏白色的火山灰，非常适合涂于建筑表层起到水泥一样的作用。为什么圣岛以洞穴房型为主？1956年的大地震之后，洞穴形状的带有拱形屋顶的房屋，很大一部分都经受住了大地震的考验，洞穴向内延伸的形状又有助于拓展空间和储存当地盛产的葡萄酒，而且这就像陕西窑洞一样，冬暖夏凉。因而，从此之后，当地居民大规模采用这种结构建造房屋，政府也为那些在地震中失去家宅的人专门修建了类似"一室一厅"的洞穴型房屋。不过，人们普遍不满意这种小型房屋，在旅游业日渐兴起之后，很多这类房屋很快被租赁成为旅游商店，出售当地纪念品或艺术品。

为什么涂成白色？地中海南部的阳光照射非常强烈，白色有利于反射阳光，减少建筑物本身吸热量，因而圣托里尼房屋的标准色被确定为白色，后来当地甚至规定，要将建筑物涂成白色和蓝色。不过，近期也出现了妥协，比如粉色等颜色也可以被接受了。

如果你在酒店中看到木头，你知道这意味着什么吗？由于圣岛火山灰堆积的特点，不适合树木的生长，木材都要从别处进口，比较贵，因此如果你住的酒店是木质地板，就足以说明这是一家较为高级的酒店了。

"我们买下这地方的时候，大约在二十世纪八十年代，当时这个风车和附近的洞穴状态都不是很好。修整以后，来这里的人越来越多了，我这个风车还经常被印在明信片上。"离开圣岛的时候，酒店的老板送我们去机场，路上，他很自豪地向我们介绍这些过往。

"你知道我们怎么看圣岛吗？据说来这里的情侣，永远都不会分手呢。"好像这蓝白一色和那美丽的夕阳，象征着纯净的感情。

其实，如果细看圣岛的自然历史和建筑进化，似乎会有所感悟：这天造地设的纯净景色背后，有着自然和历史不断毁灭、再造、修整以及人类对此的妥协和对已有资源既聪明又无奈的利用。然而，会不会因为这眼前的一切太过于美好，以至于去细想那些来自远古的进化和适应，显得太不浪漫了？

在这矗立于火山口边缘、三百米直立峭壁之上的风车酒店，忽然想起一句短诗：

"不要因为悬崖是高的，就把你的爱情置于其上。"

睡在时光里的秘密

· 你去敲开那扇门 ·

圣托里尼的门，要么通向海洋，要么通向天空。

在伦敦的一天，我正在参加一个市场营销小型研讨会，由中英贸易协会（China-Britain Business Council，CBBC）组织帮助包括英国在内的欧洲的企业开发中国市场。

"我只在意那些能负担的起我这种高级自行车的人，而不是那些对我自行车感兴趣的人。" 这个来自华尔街的意大利人，从美国移居到伦敦，从金融转行市场营销，说是因为这里的创意产业更有趣。

"我忽然想到圣托里尼对中国的市场营销策略。"

"是什么？"他问。

"据说去那里的情侣不会分手，现在圣岛已经成了亚洲人最爱的蜜月岛。也不知是有意还是无意，反正是很成功。"

"真是聪明啊。"

路过全球奢华精品酒店（Small Luxury Hotel，SLH）的办公处，也就在 CBBC 旁边，我跟他指了指，说："我花了很多时间，去研究这类酒店，很有趣呢。"

"那你应该去敲门啊！既然你喜欢，你就敲门进去，找到市场部的人，用三十秒的时间跟他介绍你自己，然后递上名片，管他以后会发生什么！"他的语气非常有感染力，还在门外等着我完成这三十秒的任务，然后自豪地说："看吧，这太容易了。"

至今还没有和 SLH 发生过什么，但是我常想起希腊的这些门，以及他的那句话："既然你喜欢，你就敲门进去。"

无须勉强去想这些门和这个故事之间有什么特别大的联系，反正它们发生过，我想将这个曾经发生在我脑海里的交集，讲给你听。

看 图 慢 话

·亚特兰蒂斯书店·

"How was your Friday? Mine was rather mundane, unfortunately or perhaps, not unfortunately.（你的周五过得如何？我的不过是普通的一天，也幸运，也不幸。）"

他用了"mundane"这个词，有"俗世的一天"之意。

这句话，来自一个曾经在某国军队里做解码专家的笔友，在去过希腊三年后的一天，一个迷雾的下午，我读到他的这句话。

莫名地想起了亚特兰蒂斯书店的那个角落。

那一天，四月的阳光灿烂，书店的人坐在柜台边，好像这就是他最普通不过的一天了，而他所在的这个书店，曾被评为世界上最美的书店。他的头顶有一扇窗户，光线可以洒下来，照亮了墙上的一段话，这段话，似乎完美回复了对俗世应有的思考，也幸运，也不幸。

"还好，现在，我不用想着去抓星星、月亮和太阳，它们太强大了，我每天尝试着在大海里杀死自己的兄弟——这些鱼们，就已经够了。"《老人与海》里这样写道。

那一天，我当然还是一个普通的游客，做着普通游客爱做的事情，在书店里晃了一圈，买了一本小书，看到了《小王子》。感慨一下：面朝大海，读一本书，看夕阳落下，

真的有人做到了，就在这个书店。

这毕竟也是一个海底火山有可能爆发，随时可能被海啸和地震吞灭的地方啊。

这又有什么？害怕火山爆发？干脆起一个被火山吞灭过的名字：亚特兰蒂斯。

再在书店的墙上，刻上这样一句话："最好找到自己的爱好，然后让爱好杀死你。"

你还怕吗？

亚特兰蒂斯古城，一个本身就充满神秘感的名字。它曾存在与否至今仍是一个谜团，柏拉图在他的两本对话录里曾提到过这个古城，描述它曾经坐落在一个岛屿之上，有着极高的文明，但一夜之间，被地震与海啸吞灭。之后有历史和地质学家根据现有的证据猜想说，这个古城就位于圣托里尼岛环绕的那个火山口处，因为火山爆发吞灭了原本位于这个火山口处的小岛。也有人猜想古城位于现在的直布罗陀海峡、南极、克里特岛、爱尔兰等地。还有人怀疑它根本不过是柏拉图编撰出来的、根本不存在的理想国。这些争论，也启发了很多电影和漫画：《古墓骑兵》《地心历险记2：神秘岛》，还有亚特兰蒂斯少女等。

还好，这只是圣托里尼普通的一天，我带走了一本很薄的书，看了一次美丽的落日，住了一个印在明信片上的酒店……

"普通的一天，却有太多可说的了，那是一种蓄势感觉，休息、思考，为了不平凡的日子，准备好……"笔友后来和我说。

确实，像华兹华斯的水仙花一样，这个书店里的阳光和透出来的海蓝，也时常出现在我的生活里。

· 第四节 ·

西班牙皇室婚礼宴会
Hotel Ritz, Madrid

你知道英国人为什么没那么热情吗?这里整天下雨,忙着躲雨都来不及呢!如果我们有希腊、西班牙或者意大利的那种阳光,我们也会每天悠悠闲闲,在街上晒太阳,搭讪漂亮姑娘……"
我的一位约克郡的朋友曾和我这样说。

- 古老酒店类型:皇室和名流酒店
- 时光:近一百年
- 地点:马德里,西班牙
- 到达:从马德里的各个机场开车,大约十五到三十分钟

  广场上像是一个欢乐的派对,每个人都被邀请了,生活的柴米油盐和欢乐热闹在这里汇集,你都想笑出声来了。不得不承认,这些西班牙人,比你更懂得享受生活。我吃了市集里的一盒水果,有西瓜、芒果、草莓,甜蜜在我嘴里蔓延,连闻起来都是彩色的,我希望自己在这里逗留的时间长一些,但是塔楼的钟声提醒着我时间不早了,叮——当——咚,而不是往常听见的叮——咚。真希望好友在,爱人在,所有在意的人,都在这里,和我一起享受这生活的快乐。

  在巴塞罗那的几天,似乎充满了欢乐,市井的、普通人的、充满生活气息的;还有高迪建筑的奇特想象力,是源于自然的、发散的、充满张力的,甚至还有些疯狂。从巴塞罗那到马德里,像是换了一个国家,反而觉得恬静和谐内敛,连说英文的人都多了起来,然后,西班牙城市骨子里的热情奔放,又随着一场斗牛表演,都被释放了出来。夕阳西下的时候,恰巧路过一个几层楼高的大壁虎雕塑,挂在建筑表层,这才是西班牙!

  "阳光优雅地漫步旅店的草坪,人鱼在石刻墙壁弹奏着竖琴,圆弧屋顶用拉丁式的黎明……火红的舞衣旋转在绿荫小径,连脚步声都如佛朗明哥的声音……"

伴着《马德里不思议》的音乐,与马德里丽思有了第一次邂逅。不过,这种皇家气派的酒店本不应该用"邂逅"来形容相遇,似乎用"拜访"更为合适。走近时,马德里丽思酒店的花园正在举办一场派对,情绪的意兴阑珊和兴致勃勃,皇室气质的慵懒和优雅,这类双重的体验,像极了花园里灿烂的阳光和疏影横斜的搭配。

"所有的花儿都恰好高出镜子一个花骨朵的距离,这样正好看得到花儿的镜像又不影响照镜子。"我那学建筑设计的旅伴又在一旁感叹着细节。让

马德里丽思酒店外景

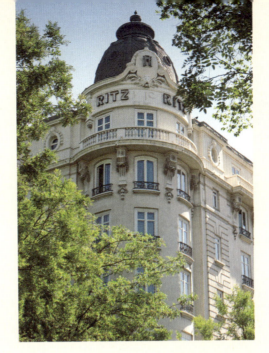

马德里丽思酒店外景

我想起在伦敦的丽思酒店拜访的时候,公关小姐也是在那些静静绽放的花儿身旁停顿了一下,温柔地说:"都是从荷兰运过来的最新鲜的花儿。"这也阻挡了我想用手去掐花以验真伪的无良习惯。

马德里丽思酒店的创建,缘起于西班牙国王阿方索十三世(Alfonso XIII)的任性和远见。他和英国公主,维多利亚女王的孙女儿维多利亚·尤金妮(Victoria Eugénie)结婚的时候,邀请的尊贵宾客不得不住到私人住宅里,因为当时马德里的所有酒店都没有达到可以接待皇室宾客的标准,他因此萌生了一个想法——建造属于西班牙的奢华酒店。而他的"壮游"经历,更促成了他将想法变为了行动。从三百多年前开始,英国和欧洲的上层男士,只有完成意大利、法国等艺术圣地的旅行才算从"绅士课堂"毕业。十九世纪之后,年轻的淑女在女性长辈的陪伴之下,也可以去"壮游",以增长淑女见闻。英国著名的小说《看得见风景的房间》就是以这个背景写成的,女主角在长辈的陪同下到了意大利佛罗伦萨和罗马增长见闻，因为要换一个看得见风景的酒店房间，从而引发了跨越社会阶层的旅途爱情故事。而且，十九世纪后，火车进入了人们的生活，也使旅行更为方便。

英国作家让·盖拉德（Jean Gailhard）在他1678年出版的《绝对绅士》（*Compleat Gentleman*）一书中，曾概括描述了"壮游"人对不同国家人的评价：法国人彬彬有礼，西班牙人贵气有派，意大利人多情浪漫，德国人滑稽可笑。（"French courteous. Spanish lordly. Italian amorous. German clownish."）不过，最后这一个大多数人都不认同。

作为一国之王，阿方索十三世自然要把西班牙的"贵气有派"在现代中体现出来。在他体验过了很多豪华之后，想要按照法国和伦敦丽思酒店的标准，在马德里也建造一个名流贵族聚集的奢华酒店。他说服了贵族朋友和重要商界人士投资建设，自己也出钱赞助，并且邀请来自法国的查尔斯·梅维斯（Charles Mewès）建造，还请"酒店之王"恺撒·丽思（César Ritz）来主持酒店的运营。建筑师查尔斯·梅维斯的成绩基本上可以用一句话概括：伦敦丽思、巴黎丽思和马德里丽思酒店，这三个欧洲奢华和皇室酒店的代表之作，都是由他主持设计和建造的，这种成绩，如今已经无法复制和超越。虽然酒店建筑的主设计师来自法国，最开始的运营人恺撒·丽思先生来自瑞士，但是，酒店每一个房间都有一张地毯，决定了设计上的西班牙特色：这张地毯来自西班牙的传奇地毯名匠公司，皇家壁毯丁（the Real Fábrica de Tapices），每一个房间的地毯都不同，房间的风格和其他装饰是围绕地毯的颜色和图案来设计的。

1910年10月2日，酒店的开业成了当时西班牙乃至欧洲的一大盛事，国王阿方索十三世和他的王后共同出席了仪式。在经历了一百多年的历史演

马德里丽思酒店内景色

变之后,如今的马德里丽思酒店归属于欧洲著名的豪华旅游集团东方快车集团(Orient-Express Hotel Group)。其独一无二的皇室渊源仍然延续,古往今来,曾经入住或参观酒店的皇族和精英主要有,温莎公爵及公爵夫人、摩纳哥的雷尼尔王子及太子妃、印度卡普塔拉州王公和他的舞蹈家妻子安妮塔·德尔加多、埃塞俄比亚前皇帝海尔·塞拉西一世,以及英国撒切尔夫人等。

睡在时光里的秘密

·西班牙国营的古老酒店·

　　在西班牙住城堡酒店，是一件非常爽快的事情，这里有很多由城堡、庄园、修道院改造的古老酒店，而且都是由一家国营公司统一管理，这家公司名为西班牙古堡酒店集团（Paradores de Turismo de Espa）。有趣的是，和马德里丽思酒店一样，

这个项目，也是由西班牙国王阿方索十三世在位期间主持设立的，目的是为了促进西班牙的旅游业，一直延续到今天。

这个项目不仅给游客提供了一种游览西班牙的古老方式，还保护了很多古老的建筑。此外，因为这些老城堡庄园往往占地比较大，且地处幽静的地方，所以也拉动了西班牙偏僻之地的旅游经济；在西班牙内战时期，这些酒店很多都被用来做医院，在战后又还原成了酒店。现在，在西班牙总共有一百多家西班牙古堡酒店集团的古老酒店，但是大部分是三星酒店，只有几家是五星级的，改造它们的时候，首要目的是让游客更真实地体验西班牙的历史和文化。这个安排和英国国家名胜古迹信托机构很类似，平均下来，每人每晚的住宿价格都不是很贵。

而且，如果你是历史文化迷，或者是想走不同寻常的旅行线路，可以选择主题性质的西班牙古堡酒店集团内的酒店线路，每晚都会住在西班牙不同地方的集团内的酒店中，并且以这些古老酒店为连接点，探访不同的旅行目的地，从而串成文化线路，这些主题包括：里哈奥地区的品酒之旅，古老的"白银之路"（Ruta de la Plata），或者西班牙中部的皇室宫殿之旅（Chinchón, Versailles-like La Granja de San Ildefonso 和 Tordesillas）。这些线路大部分连接着一些中世纪古镇，非常小众而又有特色，一般是三天到七天不等。西班牙古堡酒店集团内的酒店的收入，有一半是来自餐厅的收入，因为当时设立这些餐厅在酒店里，就是为了向游客推广西班牙的美食文化，有的菜肴是根据古老的菜谱烹饪而成，"烹"的不仅是美食，还是故事和文化。

最近，西班牙古堡酒店集团根据现代游客预订酒店的特点，对网页进行了一次非常友好的改善，几年前我在搜索其网站的时候，发现预订方式和界面非常不友好，现在的界面清晰容易许多。

· 后记：室内旅行者 ·

1790年的春天，27岁的法国人塞维尔·德·梅伊斯特进行了一次长达42天的旅行，后来，他将这次旅行的见闻写成了一本书——《我的卧室之旅》。

人类不快乐的源泉就是不懂得如何安静地待在自己的房间里。——《沉思录》

"你的行李放在哪里？""我经常想象自己在旅行，而这，不需要任何行李。"——《走出非洲》

我是一个享受居住的人，享受自己所在的围墙内的东西。现在我想借用城堡，把"居住"这个词语强调一下。城堡酒店本身，就是一个目的地，值得探索。

从沙发的角度打量复古的床，看着象牙白配深绿，又或许是碎花缀着墨蓝，为自己能在这里度过的香甜夜晚感到感激。

也从一名旅行者观察事物的角度出发，慢慢欣赏一件中世纪的复杂的家具，凑近了闻一下优质木器的微香，触碰着铁艺枝灯的棱角。

床前的油画，画框厚重，线条繁琐，描金和雕花运用得隆重却不张扬，无时无刻不在提醒着旅客们：你们是过客，而艺术在这里永恒。

墨蓝色窗帘的缝隙透出的一点点的光，恰好衬得内层白丝帘子莹莹发亮。也恰好，能隐约看到窗前绣球花的轮廓，像是半圆的月。

我曾在那偏僻的城堡里，看到了没有任何人造光线干扰的天空：漫天的繁星，苍白的黄，有的泛着绿、蓝，甚至是勿忘我花朵的颜色。

卧室之旅让一切变得简单起来，它需要的很简单，就是一件温馨的睡衣以及一颗好奇的心。将一种游山玩水的心境和化平凡为神奇的能力带入我们的居所。那位穿着粉红色和蓝色相间的睡衣，心满意足地待在室内的法国旅行家梅伊斯特，正在悄悄提醒我们，让我们在前往远方之前，先关注已经看到的东西。或许，在我们观察到这一切后，我们会意识到，抛去各类繁杂的旅行方式，人只分为两类而已：有人可以化腐朽为神奇，另一种人则是化神奇为腐朽。绝大部分人是后者，前者则为数寥寥。

在我看来，一个好的媒介，给的不应该仅仅是信息，更应是欣赏的能力。

我不想用一个数字告知你这世界上有多少家城堡酒店、庄园民宿。我希望我们可以把生活中习以为常的景象一个个拆分开来，静静停下来，欣赏。如果你愿意用我叙述城堡美的方式来欣赏自己的房屋、院子，我会很开心。如果你愿意用你的时间，去听一位长者慢慢叙述他的故事，我会很欣慰。一切城堡的建筑，不过是精雕细琢加上历史沉淀的结果。一切城堡的故事，也只不过是一代又一代人路过或尊重过的事实。

它们与你的房屋，与你身旁老人的故事，本质是一样的。欣赏细节与历史的美，聆听过来人的絮叨与经历，或许是我除去这些城堡酒店的奢华与厚重之外，最在意和想要分享的东西。

睡/在/时/光/里
欧洲城堡酒店笔记

慢得刚刚好的生活与阅读